JN324262

いのちのうた

まど・みちお詩集

ハルキ文庫

角川春樹事務所

いのちのうた　まど・みちお詩集

目次

I

II

Ⅳ

V

Ⅵ

口絵写真　アマナイメージズ
本文イラスト　小林　系

I

リンゴ

リンゴを　ひとつ
ここに　おくと

リンゴの
この　大きさは
この　リンゴだけで
いっぱいだ

リンゴが　ひとつ
ここに　ある
ほかには
なんにも　ない

ああ　ここで

あることと
ないことが
まぶしいように
ぴったりだ

ぞうさん

ぞうさん
ぞうさん
おはなが　ながいのね
　そうよ
かあさんも　ながいのよ

ぞうさん

ぞうさん
だあれが　すきなの
　あのね
かあさんが　すきなのよ

うさぎ

うさぎに　うまれて
うれしい　うさぎ
はねても
はねても
はねても
はねても
うさぎで　なくなりゃしない

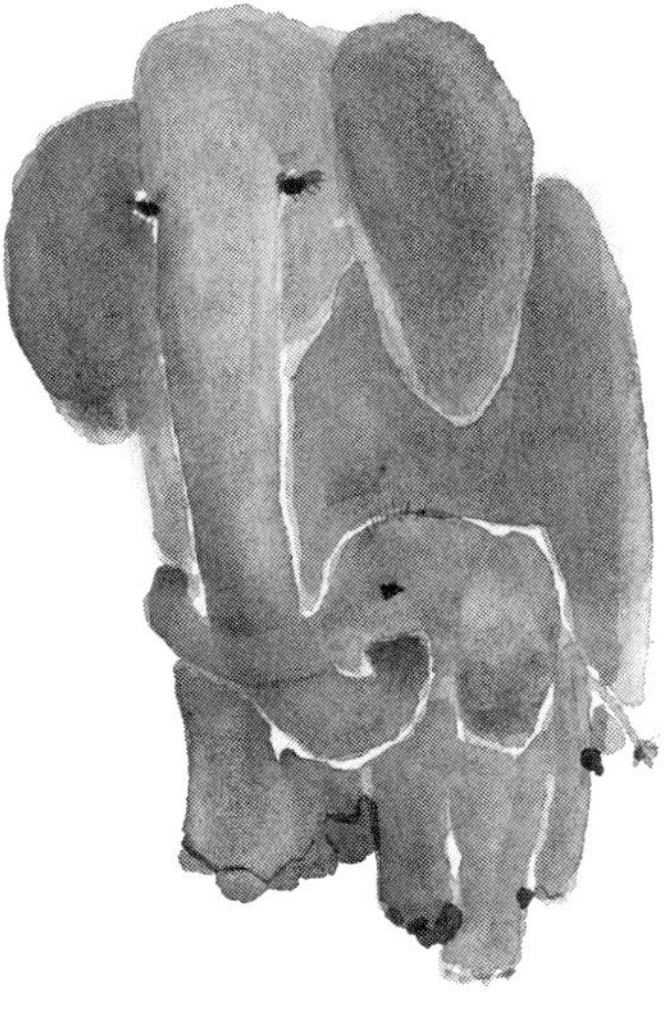

うさぎに　うまれて
うれしい　うさぎ
とんでも
とんでも
とんでも
とんでも
くさはら　なくなりゃしない

くまさん

はるが　きて
めが　さめて
くまさん　ぼんやり　かんがえた

さいているのは　たんぽぽだが
ええと　ぼくは　だれだっけ
だれだっけ

はるが　きて
めが　さめて
くまさん　ぼんやり　かわに　きた
みずに　うつった　いいかお　みて
そうだ　ぼくは　くまだった
よかったな

ナマコ

ナマコは　だまっている

でも
「ぼく　ナマコだよ」って
いってるみたい
ナマコの　かたちで
いっしょうけんめいに…

ぼくが　ここに

ぼくが　ここに　いるとき
ほかの　どんなものも
ぼくに　かさなって
ここに　いることは　できない

もしも　ゾウが　ここに　いるならば
そのゾウだけ
マメが　いるならば
その一《ひと》つぶの　マメだけ
しか　ここに　いることは　できない

ああ　このちきゅうの　うえでは
こんなに　だいじに
まもられているのだ
どんなものが　どんなところに
いるときにも

その「いること」こそが
なににも　まして
すばらしいこと　として

アリくん

アリくん　アリくん
きみは　だれ
にんげんの　ぼくは
さぶろうだけど
アリくん　アリくん
きみは　だれ

アリくん　アリくん
ここは　どこ
にんげんで　いえば
にっぽんだけど
アリくん　アリくん
ここは　どこ

アリ

アリを見ると
アリに　たいして
なんとなく
もうしわけ　ありません
みたいなことに　なる

いのちの　大きさは
だれだって
おんなじなのに
こっちは　そのいれものだけが
こんなに
ばかでかくって…

アリ

アリは
あんまり　小さいので
からだは　ないように見える

いのちだけが　はだかで
きらきらと
はたらいているように見える

ほんの　そっとでも
さわったら
火花が　とびちりそうに…

カ

ある　ひとが
ふと　あるひ
手にした　ほんの
とある　ページを　ひらくと
ある　ぎょうの
とある　かつじを　ひとつ
うえきばちに　して
カよ
おまえは　そこで
花に　なって
さいている

そんなに　かすかな　ところで
しんだ　じぶんを

じぶんで　とむらって…

蚊

蚊《か》は死にました
自分を　死なせたものの
てのひらのうえに…

一りんの
まっ赤な花を残しておいて…

—お返しいたします
あなたの中を流れていたものを
たしかに　あなたへ…と

それが　死んでいくものの
生きているものへの
礼儀《れいぎ》でもあるかのように…

にじ

にじ
にじ
にじ

ママ
あの　ちょうど　したに
すわって

あかちゃんに
おっぱい　あげて

なみと　かいがら

うずまきかいがら
どうして　できた
——なみが　ぐるぐる
　うずまいて　できた

ももいろかいがら
どうして　できた
——なみが　きんきら
　ゆうやけて　できた

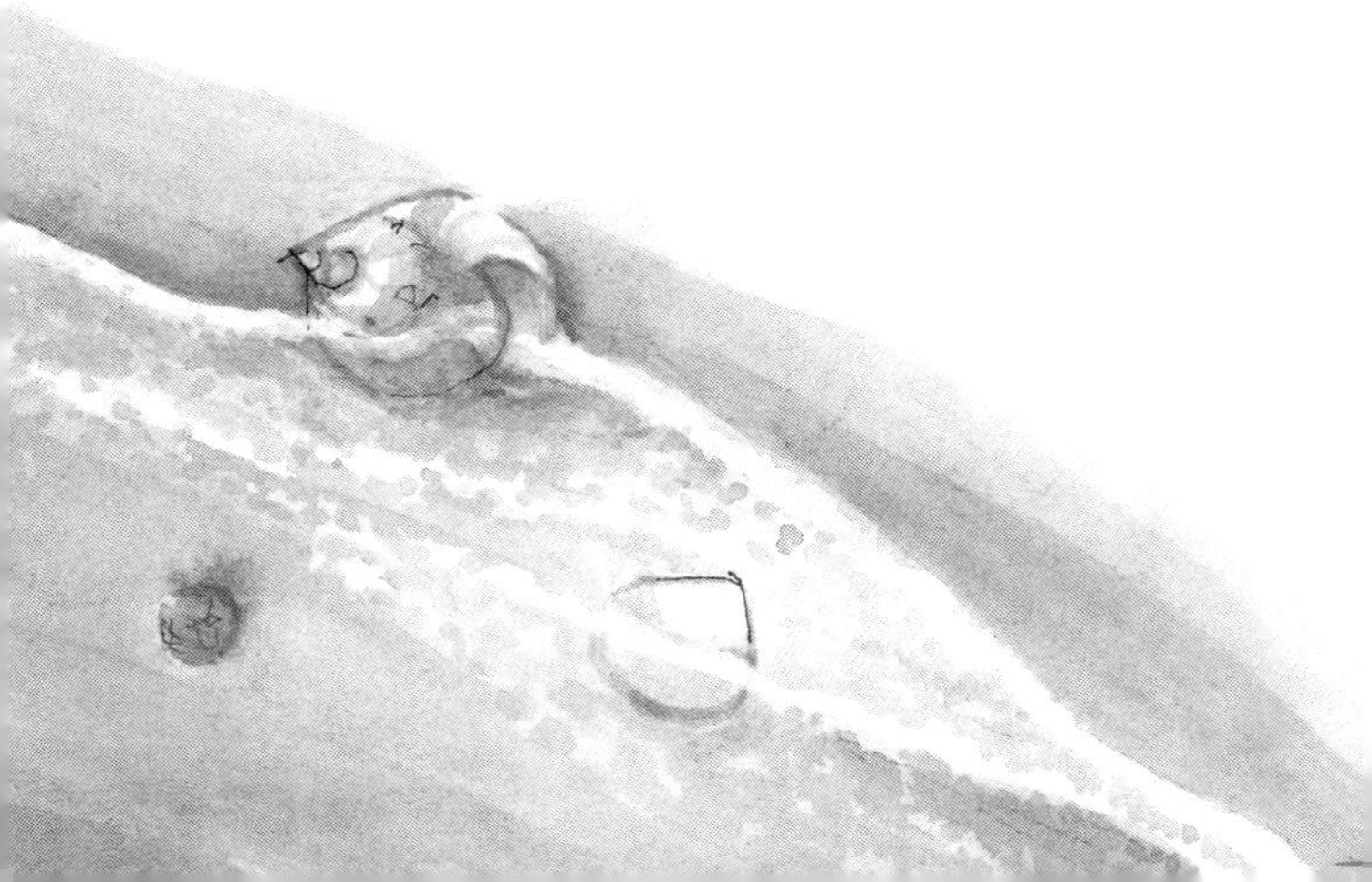

まんまるかいがら
どうして　できた
――なみが　まんまるい
あわ　たてて　できた

ふしぎな　ポケット

ポケットの　なかには
ビスケットが　ひとつ
ポケットを　たたくと
ビスケットは　ふたつ

もひとつ　たたくと

ビスケットは　みっつ
たたいて　みるたび
ビスケットは　ふえる

そんな　ふしぎな
ポケットが　ほしい
そんな　ふしぎな
ポケットが　ほしい

シソのくき

おどろいてしまった
立ちがれたシソのくきを
切りとってみたら

切りくちが四角なのだ
まるではなくて…

まん月や
太陽
生きものの目や
木の実
その木の実が落ちて水の上にかく
波の　わ
そんな　まるいものが
自然の中にあるのは知っていた

だが　人間がつくった
あの美しい
障子《しょうじ》や
たたみ
窓《まど》や

本

その本を天のだれかに読んで貰《もら》うために
野山《のやま》にならべたかのような
田んぼと畠《はたけ》
などよりも先に
こんな所に四角がかくれていたのか！

人間などはまだ
しっぽのはえた四つ足で
山川《やまかわ》をぴょこぴょこかけずっていた
大昔から…

タマネギ

つぼ
その　なかにも　つぼ
また　その　なかにも　つぼ
かぞえきれないほど　はいっている
もしも　大きいのから　小さいのへと
じゅんじゅんに　ならべて　みたら
うたが　遠くへ　きえていくように

見えなく　なって　いくかしら
でも　タマネギは　しょうがない
きらなければ　しょうがない

つぼ（1）

つぼを　見ていると
しらぬまに
つぼの　ぶんまで
いきを　している

つぼ（2）

つぼは
ひじょうに　しずかに
たっているので
すわっているように
見える

かいだん（1）

この　うつくしい　いすに
いつも　空気が
こしかけて　います

そして　たのしそうに
算数を
かんがえて　います

つけものの　おもし

つけものの　おもしは
あれは　なに　してるんだ
あそんでるようで
はたらいてるようで
おこってるようで
わらってるようで

すわってるようで
ねころんでるようで
ねぼけてるようで
りきんでるようで

こっちむきのようで
あっちむきのようで

おじいのようで
おばあのようで
つけものの　おもしは
あれは　なんだ

石ころ

石ころ　けったら
ころころ　ころげて
ちょこんと　とまって
ぼくを　見た
――もっと　けってと　いうように

もいちど　けったら
ころころ　ころげて
それから　ぽかんと
空を　見た
――雲が　行くよと　いうように

そうかい　石ころ

きみも　むかしは
天まで　とどいた
岩山《いわやま》だったか
――雲を　ぼうしに　かぶってね

石ころ　だまって
やっぱり　ぽかんと
あかるい　あかるい
空を　見てる
――星が　見えると　いうように

あめのこ

あめのこ　あめのこ

はじめは　どこへ
くもから　やまへ
やまから　たにへ
たにがわ　ちょろちょろ
ちょろちょろちょろ
くちぶえ　ふいて
どんぐり　ころがし
わらびを　ぬらし
たんぼの　おがわへ
かけてった

あめのこ　あめのこ
それから　どこへ
すいしゃを　まわし
めだかと　あそび
おしゃべり　さらさら
さらさらさら

やくばを　すぎて
おおかわ　てっきょう
しずかに　くぐり
かもめが　とんでる
うみにでた

水は　うたいます

水は　うたいます
川を　はしりながら
海になる日の　びょうびょうを
海だった日の　びょうびょうを

雲になる日の　ゆうゆうを
雲だった日の　ゆうゆうを

雨になる日の　ざんざかを
雨だった日の　ざんざかを

虹《にじ》になる日の　やっほーを
虹だった日の　やっほーを

雪や氷になる日の　こんこんこんこんを
雪や氷だった日の　こんこんこんこんを

水は　うたいます
川を　はしりながら

川であるいまの　どんどこを
水である自分の　えいえんを

II

シマウマ

手製《てせい》の
おりに
はいっている

ケムシ

さんぱつは　きらい

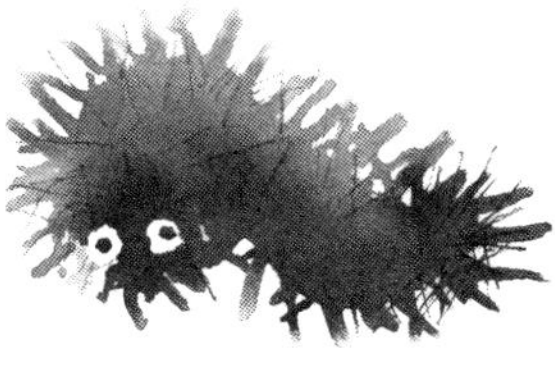

ミミズ

ようふくは　ちきゅうです
オーバーは　うちゅうです
—どちらも
　一まいきりですが

ワサビ

ふくが
ちぢんで
ふとれません

もやし

うえを
したへの
おおさわぎ

カボチャ

すわったきりですが
かたが　こってなりません

はがき

もじが
こぼれて
おっこちそう

けしゴム

じぶんで　じぶんを
けしたのか
いまさっきまで
あったのに

まくら

ねんがら　ねんじゅう
ねているけれど
まくらを　あてた
ためしが　ない

いびき

ねじを　まく
ねじを　まく
ゆめが　とぎれないように

おさるが　ふねを　かきました

ふねでも　かいてみましょうと
おさるが　ふねを　かきました
けむりを　もこもこ　はかそうと
えんとつ　いっぽん　たてました
なんだか　すこし　さみしいと
しっぽも　いっぽん　つけました
ほんとに　じょうずに　かけたなと
さかだち　いっかい　やりました

やぎさん　ゆうびん

しろやぎさんから　おてがみ　ついた
くろやぎさんたら　よまずに　たべた
しかたがないので　おてがみ　かいた
―さっきの　おてがみ
ごようじ　なあに

くろやぎさんから　おてがみ　ついた
しろやぎさんたら　よまずに　たべた
しかたがないので　おてがみ　かいた
―さっきの　おてがみ
ごようじ　なあに

一ねんせいに　なったら

一ねんせいに　なったら
一ねんせいに　なったら
ともだち　ひゃくにん　できるかな
ひゃくにんで　たべたいな
ふじさんの　うえで　おにぎりを
ぱっくん　ぱっくん　ぱっくんと

一ねんせいに　なったら
一ねんせいに　なったら
ともだち　ひゃくにん　できるかな
ひゃくにんで　かけたいな
にっぽんじゅうを　ひとまわり
どっしん　どっしん　どっしんと

一ねんせいに　なったら
一ねんせいに　なったら
ともだち　ひゃくにん　できるかな
ひゃくにんで　わらいたい
せかいじゅうを　ふるわせて
わっはは　わっはは　わっはっは

ぱぴぷぺぽっつん

ぱぴぷぺぽっつん
あめが　ふる
やつでの　はっぱに
ぱらつく　ほどに
ぱぴぷぺぽんぱら

ぱんぱらぱん

たちつてとんまな
あめが　ふる
とたんの　ひさしを
たいこに　したてて
たちつてとんたた
たんたたたん

さしすせそうっと
あめが　ふる
こだちの　しんめを
しめらす　ほどに
さしすせそんなに
しとしとと

ざじずぜぞんぶん

あめが　ふる
どしゃぶり　ざざぶり
せかいじゅうを　あらって
ざじずぜぞんぞこ
ざんざかざあ

タンポポ

だれでも　タンポポをすきです
どうぶつたちも　大すきです
でも　どうぶつたちは
タンポポの　ことを
タンポポとは　いいません
めいめい　こう　よんでいます

イヌ　　　　…ワンフォフォ
ウシ　　　　…ターモーモ
ハト　　　　…ポッポン
カラス　　　…ターター
デンデンムシ…タンタンポ
タニシ　　　…タンココ
カエル　　　…ポポタ
ナメクジ　　…タヌーペ
テントウムシ…タンポンタン
ヘビ　　　　…タン
チョウチョウ…ポポポポ

ポポン…

タンポポは　いつも
ポポン…　と咲《さ》いているように見える
人間などが　生まれるまえの
ずうっと　大昔から

ほんとは　ついこの間《あいだ》
地球のこのへんに　すむ人たちが
タンポポと　名づけてからのことなのに

もしも　その人たちが
タンケロと　名づけたのだったら
たぶん　いまごろ
ケロン…　と咲いていたろうに
また　もしも

タンボヤと　名づけたのだったら
ボヤッ…　と咲いていたろうに

タンポポが　ポポン…　と咲いている
おや　あそこの田んぼの　あぜでは
あんなに　ポポン　ポポン…と
わたげの花火うちあげて　よんでいる
—みんな　おいでえ！
タニシの　うちに
あかちゃんが　うまれたよう！

てんぷら　ぴりぴり

ほら　おかあさんが　ことしも　また

てんぷら　ぴりぴり　あげだした

みんなが　まってた　シソの実の
てんぷら　ぴりぴり　あげだした

ツクツクホウシが　けさ　ないたら
もう　すぐ　ぴりぴり　あげだした

子どもの　ときに　おばあさんから
ならった　とおりに　あげだした

秋の　においの　シソの実の
小さな　かわいい　つぶつぶの
てんぷら　ぴりぴり　あげだした

イヌが歩く

イヌが歩く
四つの足で

どの足のつぎに
どの足が動くのか
どんなに見ていても　わからない

音のちがうすずを
どの足にも
一つずつ

ちりん
ころん
からん

ぽろん
むすんでやったら
わかるかな

音

ピアノの音　ぽろん
サクランボ　ひとつ
たいこの音　どどん
大波　ひとつ
カスタネット　けけ

おこうこ　ひときれ
らっぱの音　ぺぽー
あんぱん　ひとつ
トライアングル　つーん
かみの毛　一本
すずの音　ちりん
マメの花　ひとつ
もくぎょの音　ぽこん
たんこぶ　ひとつ
うそっこ　うた　たらりー
にじの橋《はし》　ひとつ

ドロップスの　うた

むかし　なきむしかみさまが
あさやけ　みて　ないて
ゆうやけ　みて　ないて
まっかな　なみだが　ぽろん　ぽろん
きいろい　なみだが　ぽろん　ぽろん
それが　せかいじゅうに　ちらばって
いまでは　ドロップス
　こどもが　なめます　ぺろん　ぺろん
　おとなが　なめます　ぺろん　ぺろん

むかし　なきむしかみさまが
かなしくても　ないて
うれしくても　ないて
すっぱい　なみだが　ぽろん　ぽろん

あまい　なみだが　ぽろん　ぽろん
それが　せかいじゅうに　ちらばって
いまでは　ドロップス
こどもが　たべます　ちゅるん　ちゅるん
おとなが　たべます　ちゅるん　ちゅるん

ごはんを　もぐもぐ

ごはんを　もぐもぐもぐもぐ
くちから　たべた
おはなし　ぺらぺらぺらぺら
くちから　でてきた

おみずを　こぷこぷこぷ
くちから　のんだ
いいうた　らんらんらん
くちから　できた

ふんすい

空へ
のぼる　のぼると　いいながら　のぼるる
空から
おちる　おちると　いいながら　おちるる

空で
のぼる　おちると　いいながら　のちるる
空に
カエル　のせろや　足ぶみするるぞ

いても　よさそうな

「日がしずむ」というかわりに
「日がるぼの」という人はいないか
「るぼの」は「のぼる」のはんたいで
つまり「しずむ」

「夜はくらい」は

「夜はいるかあ」で
「年よりのヘビが　タンポポ山でねた」は
「いかわヘビが　タンポポ山でたきお」だ

ひろい地球の
いや　ひろい宇宙のどこやらに
いても　よさそうな気がしてならない

はんたいに　いうことで
その意味を　はんたいにするような
そんな　ことばを
使いこなしている生きものたちが…

まちかど

まちかどは　まいにちまいばん
まじめに　まちかどっとしている
まちの空のましたで

まず通るのは
また通るもの　まま通るもの
まだまだ通るものなど　まちまちだが
まぎれもなくみんな
まえむいてまがっていく
まちかどに　まちかどっとされたまま

まるで通るもののない　まよなか
まうえの空の　まんなかでは
まんまるい月が　まったくひとり

まちかどっとされている　まね
まちぼうけの　まちかどのために
まあ　まがわるいのだろう
まちかどたるもの　まねにでも
まにあわせにでも　だれかに
まちかどっとされたままでいなくては

へんてこりん

「へんてこりん」は
「へんてこ」がつけている大事《だいじ》なすず
ひとより　一だん目だつための

「へんてこ」は
「へんて」の　ひとり子《ご》
うまれつき　まじめでとんまな

「へんて」は
「へん」が一ぽんだけもっている手
足がわり　しっぽがわりの

「へん」は
柄《え》がとれた「えへん」のことだとも
しゅじゅつで
「じ」を　きりとった
「へんじ」のことだとも

だから　それで？
いや　べつに

はひふへほは

はひふへほは　ラッパに　むちゅうで
ぱぴぷぺぽ　ぱぴぷぺぽ
ぱぴぷぺぽは　ぶしょうひげ　はやし
ばびぶべぼ　ばびぶべぼ

ばびぶべぼは　はだかに　されて
はひふへほ　はひふへほ

はひふへほは　めから　ひが　でて
ぱぴぷぺぽ　ぱぴぷぺぽ

ぱぴぷぺぽは　しびれを　きらし
ばびぶべぼ　ばびぶべぼ

ばびぶべぼは　あごが　はずれて
はひふへほ　はひふへほ

はひふへほは　あったま　はげて
ぱぴぷぺぽ　ぱぴぷぺぽ

ぱぴぷぺぽは　はなかぜ　ひいて
ばびぶべぼ　ばびぶべぼ

ばびぶべぼは　わらって　ばかりで
はひふへほ　はひふへほ

（いやでなかったらまた初めにもどる）

がいらいごじてん

ファッション　＝　はっくしょん
アラ　モード　＝　あら　どうも
ミニ　スカート　＝　目に　すかっと
パンタロン　＝　ぱあだろう
ネグリジェ　＝　ねぐるしいぜ
ダイヤモンド　＝　だれのもんだ
ペンダント　＝　へんなんだ
マニキュア　＝　まぬけや
メニュー　＝　目に　いう
アラ　カルト　＝　あら　買って
コロッケ　＝　まっくろっけ
ホット　ドッグ　＝　おっとどっこい
ピックルス　＝　びっくり酢《す》
バウム　クーヘン　＝　どうも　くうきせん

マロン　グラッセ　＝　まるう　おまっせ
クロッカス　＝　ぼろっかす
トイレ　＝　はいれ
トランポリン　＝　しらんぷり
ボクシング　＝　ぼく　しんど
トラクター　＝　とられたあ

III

はるかな　こだま

野に立って
とおく
かしわでをうちならすとき

こたえてくる
ながれてくる

はるかな　はるかな　こだまはなにか。

きよらかな
そぼくな

とおいむかしの日本の

神いますふるさとのよびごえか。

天《あま》の岩戸《いわと》や
かぐやひめや
日のあたたかな　かちかち山や

はるばる　はるばる　こえてきた
なつかしいふるさとのよびごえか。

「日本人よ
日本人よ

天皇陛下《へいか》　をいただいた
光栄の日本人よ
君らの祖先《そせん》がしてきたように

今こそ君らも
君らの敵にむかえ
石にかじりついても
その敵をうちたおせ
——神神《かみがみ》はいつも
君らのうえにある。」
ひびいてくる　ながれてくる
そういうようにきこえてくる。

朝

じつにあかるく澄《す》んだ空気だ。
ぼくが
顔をあげているのが
こんなにはっきりわかる

空を仰《あお》ぎさえすれば
すぐに顔を映すだろう。

この戦争に
神となられた方方《かたがた》が
朝夕お通りのこの銀の空には
もはや塵《ちり》ひとつ飛んでいないのだ。

なんでもやれば
そのやったことはただちに
おそれおおくも
宮城《きゅうじょう》へまでおつたわりしていくような気がするのだ。

からだのすみずみにまで
痛いように
日本人のちからがしみわたってくる。

――ああ　ぼくは見る
ぼくのまえに
これからやらねばならぬ仕事が
富士山のように高く神神《こうごう》しいのを。

ポン博士

月にも　とどく　ポーン弾丸《ダマ》、
発明しました　ポン博士。

あればいいなあ　戦争が、
ポーンの　ポーンと　うちたいな。

あれば　あればと　待つうちに、
でっかい　戦争が　おきました。

そこで　とくいのポン博士、
お山に　大砲　すえました。

目にもの見たけりゃ、それ、ポーン。
弾丸は地平線《チヘイ》に　消えました。

二分、三分……今頃《いまごろ》は、
敵めは、こっぱみじん　じゃろ。

その時、来ました　うしろから、
地球を　廻《まわ》った　ポーン弾丸。

あっ、ドカン！　だ　ポン博士、
ドカン！と　博士は　消えました。

西陽《にしび》の山に、片っ方《ポ》の
拍車《はくしや》が、光っておりました。

どうしてだろうと

どうしてだろうと
おもうことがある

なんまん　なんおくねん
こんなに　すきとおる
ひのひかりの　なかに　いきてきて
こんなに　すきとおる
くうきを　すいつづけてきて
こんなに　すきとおる
みずを　のみつづけてきて

わたしたちは
そして　わたしたちの　することは
どうして

すきとおっては　こないのだろうと…

するめ

とうとう
やじるしに　なって
きいている
うみは
あちらですかと…

さかな

さかなやさんが
さかなを　うってるのを
さかなは　しらない

にんげんが　みんな
さかなを　たべてるのを
さかなは　しらない

うみの　さかなも
かわの　さかなも
みんな　しらない

どうぶつたち

いつのころから
こういうことに　なったのか
きがついて　みると
みんなが
あちらのほうを　むいている
ひとの　いないほうを

にじのように　はなれて…

虹

ほんとうは
こんな　汚《よご》れた空に
出て下さるはずなど　ないのだった
もしも　ここに
汚した　ちょうほんにんの
人間だけしか住んでいないのだったら

でも　ここには
何も知らない　ほかの生き物たちが
なんちょう　なんおく　暮《くら》している
どうして　こんなに汚れたのだろうと
いぶかしげに
自分たちの空を　見あげながら

その　あどけない目を
ほんの少しでも　くもらせたくないために
ただ　それだけのために
虹《にじ》は　出て下さっているのだ
あんなにひっそりと　きょうも

赤ちゃん

何がうれしいのでしょう
赤ちゃんが
声たてて　笑っています
あんなに手足を　ばたつかせながら
まるで大昔の

神さまの赤ちゃんが
お日さま　だきかかえて
わはわは　笑っているみたいです
はだかんぼうで　ねっころがって
まだできたての　山や川といっしょに…

とても思えません　そこが
排気ガスとスモッグの街のまん中で
ごうごう　ごうごうの　自動車洪水《こうずい》に
よろよろ　よたよた　流されていく
お母さんの自転車の
うしろの小さな荷台の上だとは…

ことば

だいすきなのは「ゆうやけ」
「ゆうやけこやけ」すきでない
「こやけ」が　しけてる
ゆうやけに　しつれいだよ

「なかよし」もちろん　すき
「なかよしこよし」きらいだな
「こよし」が　いやらしい
なかよしは　りっぱなんだ

「なみ」だいすき
「おおなみこなみ」ははは　ゆかいだ
「こなみ」も　かわいいや
おおなみ　どどーん！

こなみ　ちゃぽちゃぽちゃぽ！
カニが目をたてて　きょとん？

うそ

はなしの　かいてんは
いよいよ　いい　ちょうしで
いよいよ　スピードを　あげ
せんぷうきのように
すきとおって　くるのでした

みんなの　目には
もう　むこうに
べろっと　でている

まっかな　したのほかには
なにも　みえません
で　そればかりを
おもしろがって
いっしんに　ながめていました

いす

ここに　くると
どんな人でも　からだを折曲《おりま》げます
どっかりと
やれやれと

いそいそと
しょんぼりと
なにげなく
いぎたなく
とくいげに
われさきに

せかいじゅうに　ないそうです
こんなに　よく守られる　きそくは

そして
こんなに　おもしろい　けしきに
目を　みはる人も

スリッパ

おおいばりで
おおげさで
おっかない　にんげんにも

こんなに　かわいらしい
のりものが
あることを
いいふらしたくて　なりません

ウサギやら
スズメやら
テントウムシなんかに
そして　わすれないで

じぶんにも…

てちょう

てちょうは
チョウチョウには　なれない
指の花に　とまってはみても
はねが多すぎて　おもたい

てちょうは
ヤブウグイスにも　なれない
上着《うわぎ》のしげみに　もぐってはみても
やせた　むねのなかで
うたが　おしつぶされている

てちょうは
ひとまねオウムで　がまんしている
ひとの　会話に　でてきて
あっち　こっち　きにいった
かたことを　ついばみながら…

けしゴム

自分が　書きちがえたのでもないが
いそいそと　けす
自分が書いた　ウソでもないが
いそいそと　けす

自分がよごした　よごれでもないが
いそいそと　けす

そして　けすたびに
けっきょく　自分がちびていって
きえて　なくなってしまう
いそいそと　いそいそと

正しいと　思ったことだけを
ほんとうと　思ったことだけを
美しいと　思ったことだけを
身がわりのように　のこしておいて

朝がくると

朝がくると　とび起きて
ぼくが作ったのでもない
水道で　顔をあらうと
ぼくが作ったのでもない
洋服を　きて
ぼくが作ったのでもない
ごはんを　むしゃむしゃたべる
それから　ぼくが作ったのでもない
本やノートを
ぼくが作ったのでもない
ランドセルに　つめて
せなかに　しょって
さて　ぼくが作ったのでもない
靴《くつ》を　はくと

たったか　たったか　でかけていく
ぼくが作ったのでもない
道路を
ぼくが作ったのでもない
学校へと
ああ　なんのために

いまに　おとなになったなら
ぼくだって　ぼくだって
なにかを　作ることが
できるように　なるために

根

ない

今が今　これらの草や木を
草として
木として
こんなに栄《さか》えさせてくれている
その肝心《かんじん》なものの姿《すがた》が

どうして　ないのだろう
と　気がつくこともできないほどに
あっけらかんと

こんなにして消えているのか
人間の視界からは

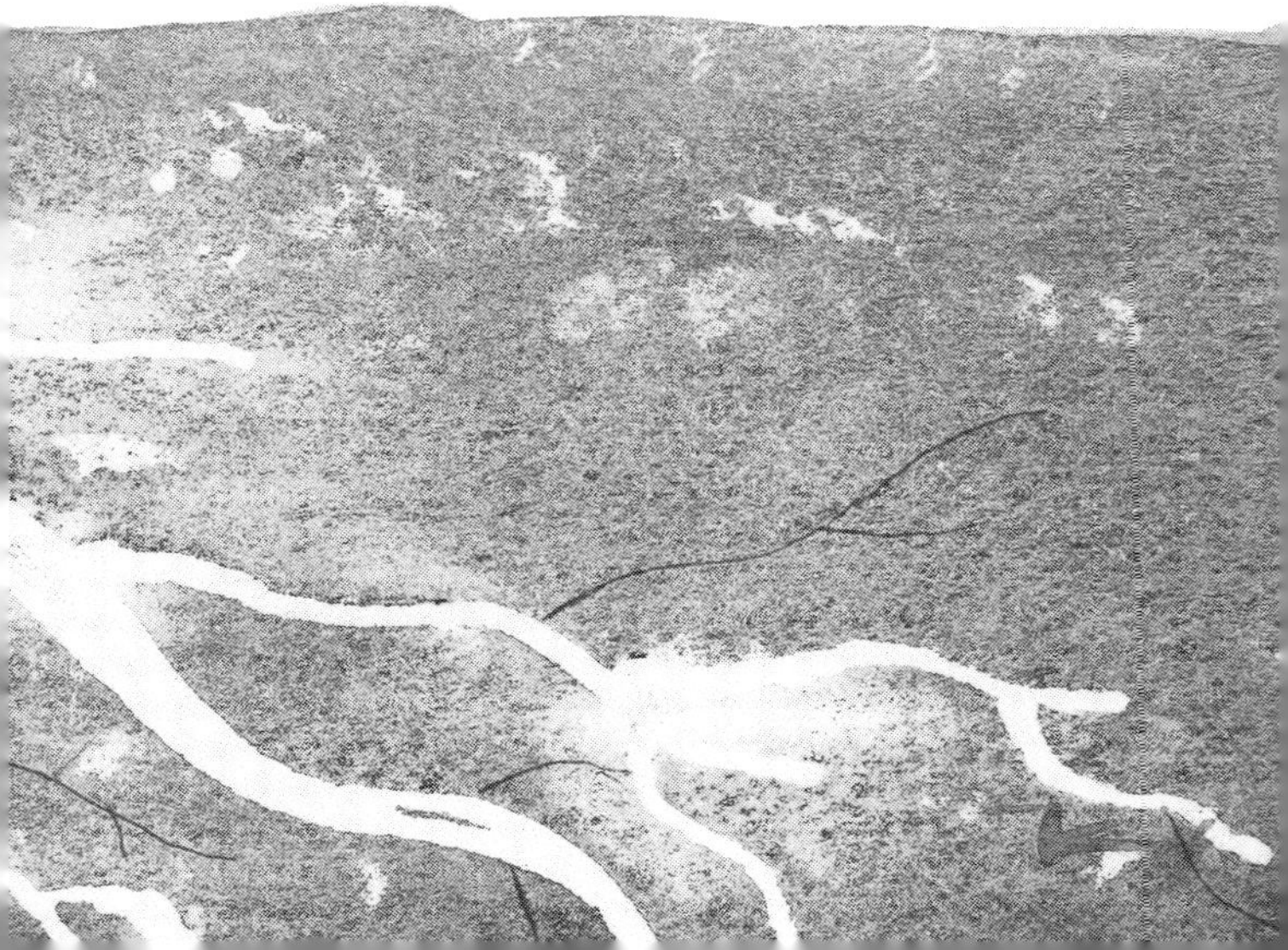

いつも肝心かなめなものが

いわずに　おれなくなる

いわずに　おれなくなる
ことばでしか　いえないからだ
いわずに　おれなくなる
ことばでは　いいきれないからだ
いわずに　おれなくなる
ひとりでは　生きられないからだ
いわずに　おれなくなる

ひとりでしか　生きられないからだ

もう　すんだとすれば

もうすんだとすれば　これからなのだ
あんらくなことが　苦しいのだ
暗いからこそ　明るいのだ
なんにも無《な》いから　すべてが有《あ》るのだ
見ているのは　見ていないのだ
分かっているのは　分かっていないのだ
押されているので　押しているのだ
落ちていきながら　昇《のぼ》っていくのだ
遅れすぎて　進んでいるのだ
一緒《いっしょ》にいるときは　ひとりぼっちなのだ

やかましいから　静かなのだ
黙《だま》っている方《ほう》が　しゃべっているのだ
笑っているだけ　泣いているのだ
ほめていたら　けなしているのだ
うそつきは　まあ正直者《しょうじきもの》だ
おくびょう者ほど　勇《いさ》ましいのだ
利口《りこう》にかぎって　バカなのだ
生まれてくることは　死んでいくことだ
なんでもないことが　大変なことなのだ

IV

さくらの　はなさん

さくらの　はなさん
さいたけど
きだから
あるいて　こられない
みんなで　みんなで
みにいって　あげよう

ゆきの　ふるひも
かれないで
きょうまで　たってて
さいたのよ
みんなで　みんなで
ほめにいって　あげよう

びわ

びわは
やさしい　きのみだから
だっこ　しあって　うれている
うすい　虹《にじ》ある
ろばさんの
お耳みたいな　葉のかげに

びわは
しずかな　きのみだから
お日《ひ》に　ぬるんで　うれている
ママと　いただく
やぎさんの

おちよりかも　まだ　あまく

サクランボ

それは　たぶん
やまびこの女の子が　ひいていた
ハープの音でしたでしょう
一《ひと》つぶ
たきつぼに　おっこちて
もまれて　みがかれて
リスに　ひろわれていって
木のうろに　つるされて
赤いてるてるぼうずに　なりましたのは

そして　いま
あしたの遠足を夢に見ながら
眠っている子リスたちの　ために
うたってあげていますのは
それは小さな　こえで
へんてこりんな　うたを
—あーたん　てんきん　なありんぼ
　あーたん　てんきん　なありんぼ

コスモスの　うた

だれかに　一りん
あげたいのだけれど
コスモス

コスモス
ともだちが　すき
ともだちと　みんなで
てを　つないで　あそんでる

グラスに　一りん
さしたいのだけれど
コスモス
コスモス
あおぞらが　すき
あおぞらを　みあげて
みな　はればれと　うたってる

ことり

そらの
しずく?
うたの
つぼみ?
目でなら
さわっても　いい?

スワン

みえています
なにかの　しあわせで
とくべつに
みえているかのように

クジャク

ひろげた　はねの
まんなかで
クジャクが　ふんすいに

なりました
さらさらさらと
まわりに　まいて　すてた
ほうせきを　見てください
いま
やさしい　こころの　ほかには
なんにも　もたないで
うつくしく
やせて　立っています

ああ　どこかから

庭《にわ》を　とおって
ゆうびんやさんが　かえっていく

きょうも　みおくっているのは
屋根の　スズメと
かきねの　デンデンムシだ

「ごめんよ
きみたちあての　手がみは
　来てないんだ」
というように

ゆうびんやさんは
そそくさ　いっちゃった

ああ　どこかから
こないかなあ

なの花びらのような　手がみと

マメのような　こづつみが
——ゆうびいんって
スズメたちに
デンデンムシたちに

デンデンムシ

きみは　デンデンムシ
ひっそりと
雨戸《あまど》をわたっている
どこかの淋《さび》しい国へ
逃げてでも行くように

だが　きみはいま
必死で横断中《おうだんちゅう》なのだ
はっぱ　一まい
つゆ　一《ひと》しずくない
この垂直《すいちょく》の砂《さ》ばくを
アンテナ高くおしたてて
新しいオアシスの探検へと
フルスピードで　のろのろと

いま　きみの中で
きみの社会と理科と
算数と図工と体育たちが
どんなに目まぐるしく
立働《たちはたら》いていることだろう

教えてくれ
ミスター・フルスピード・ノロ

きみの行手《ゆくて》が近づくだけずつ
きみの後《うしろ》へのびていく
きみの道のまぶしさを

きみの勇気の光なのか
天からのくんしょうなのか

ふうりん

みんなが　ざしきに　あつまって
すいかを　たべていると
えんがわで　ふうりんが　なった
ちりん　ちりん
ちんちり　ちりん…と

きんぎょばちの　きんぎょたちに
ドロップスを　まいてあげるように

みんなが　でかけて　るすになると
また　えんがわで
ふうりんが　なった
ちんりん　りんりん
ちんちろりん…と

るすばんの　きんぎょたちに
ゆかいな　うたを
きかせてあげるように

わたげタンポポ

ゆたかな　たてがみに
おおわれた
ゆげのライオンが
ふかいねむりに　おちている

一〇〇〇の
子どもライオンに　なって
とびちるまえの
一しゅんを

ああ　みえる！
ねむりのなかに
ゆめが…
ゆめのなかに

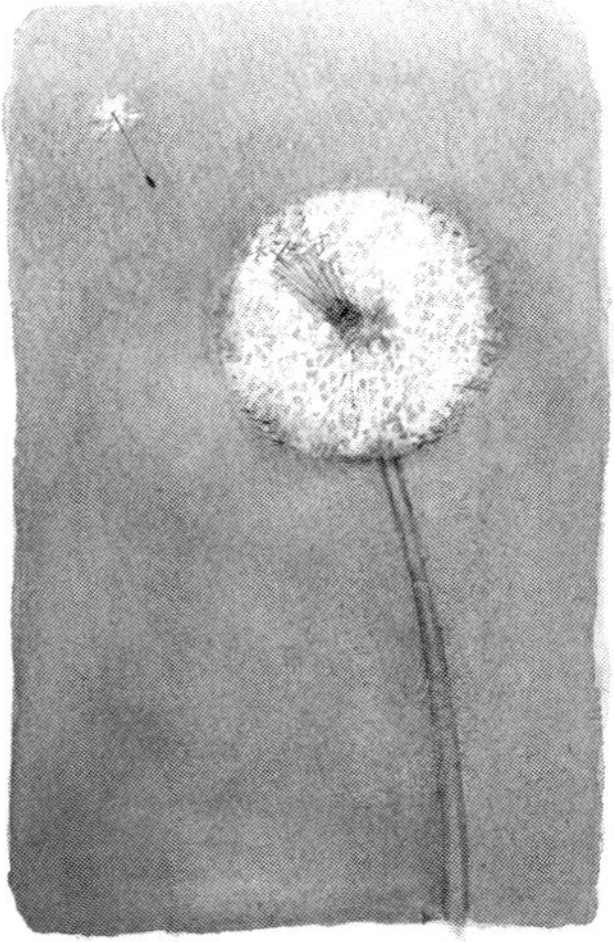

チョウチョウが…
チョウチョウのせなかに
うふふふが…

せかいじゅうの
すべての　いきものに
あたらしい　たんじょうびを　くばってまわる
あの　わらいんぼが…

小さい太郎

小さい太郎が
べリべリ　べリべリ　新聞やぶる
よだれの　いずみ

こんこん　こんこん　とまらないで

小さい太郎が
べりべり　べりべり　新聞やぶる
その冒険を
あーうー　あーうー　歌にしながら

小さい太郎が
べりべり　べりべり　今日《きょう》をやぶる
今日がかくしている明日《あした》を
そうやって
つかまえてる　つかまえてる

おみやげ

なんだか　足が軽いと思ったら
さっき電車の中で
知らないよその赤ちゃんが
笑いかけたのだった
わたしを見て
嬉《うれ》しくてたまらないように

その笑い顔を
いつのまにか　胸にかかえていて
それで　夜道《よみち》の足もとを
てらすようにしながら
わたしは急いでいるのだった

父がいなくなった家で

ひっそり　待っている母に
そのおみやげを
はやく見せてあげたくて

人間の目

よちよち歩きの小さい子たちを見ると
人間の子でも
イヌの子でも
ヤギの子でも
どうしてこんなに　かわいいのか

ひよこでも
カマキリの子でも

おたまじゃくしでも
ほほずりさせて　もらいたくなる

ほんとに　どうしてなのか
生まれたての　生命《いのち》が
こんなに　なんでも
かわいくてならなく思えるのは

いや　こんなに
かわいくてならなく思える目を
私たち人間がもたされているのは

ああ　むげんにはるかな宇宙が
こんなに近く　ここで
私たちに　ほほずりしていてくれる
お手本《てほん》のように！

生まれて来た時

あるいてもあるいても日向《ひなた》だったの。
海鳴《うみなり》がしているようだったの。

道の両側から、
山のてっぺんから、
日の丸が見送っていたの。

お船が待ってるような気がして、
足がひとりで急いじゃったの。

ホホケタンポポは指の先から、

フルン　フルン　飛んでってしまうんでしょう、
もうお母さまには茎《くき》だけしかあげられないと思ったの。
いそいでもいそいでも日向だったの。
（ね、お母さま。
僕、あん時生まれて来たんだろうと思うんです。）

はるかな歌

――わが妻の生れし日のうた――

みなみのくにの　さつまのくにの
井戸があって　みかんの木のある
一軒家《いっけんや》
しずかな障子《しょうじ》

大安日か　さんりんぼか
あたたかい日に
鶏《とり》なく日に
妻よお前はついたのか
はるかな旅からついたのか

母も覚えず　父さえ解《げ》せぬ
もはやはるかな方言《くにことば》で
アオアオアオ　アオアオアオアオ
ただついたという挨拶《あいさつ》ばかり
母でもなくて
父でもない
とおくのとおくへ呼んだのか

障子のむこうの田のむこう
山のあちらの空のあちら
すおうのくにの　海のほとりの

海に映ったひなたの村の
杏樹《あんず》の下に
菜畠《なばたけ》に
その日の俺の一年生

きよげにひかる耳殻《みみたび》は
風にふかれて遊んでいた
風にふかれて遊んでいた

せっけん

こんなに
ちいさく　なった
おふろばの

せっけん

うちじゅうの
みんなの　こころに
やさしく
ちりしいて

一まいだけ
のこった
バラの
はなびらのようだ

もうひとつの目

はたらきとおして
こんなに小さくなった　せっけんが
あたしの目には　どうしても
せっけんの
おばあさんのようには　見えない

せっけんの
あかちゃんのように　見えて
かわいい

ばかな目だなあ
と　思うけれど
そう　思うことが　できるのは
もうひとつの　すばらしい目が

見はっていて　くれるからだ

いつも
あたしたち　にんげんの
心のまん中に　いて

キリン

みおろす　キリンと
みあげる　ぼくと
あくしゅ　したんだ
めと　めで　ぴかっと…

そしたら

せかいじゅうが
しーんと　しちゃってさ
こっちを　みたよ

チョウチョウ

チョウチョウは
ねむる　とき
はねを　たたんで　ねむります

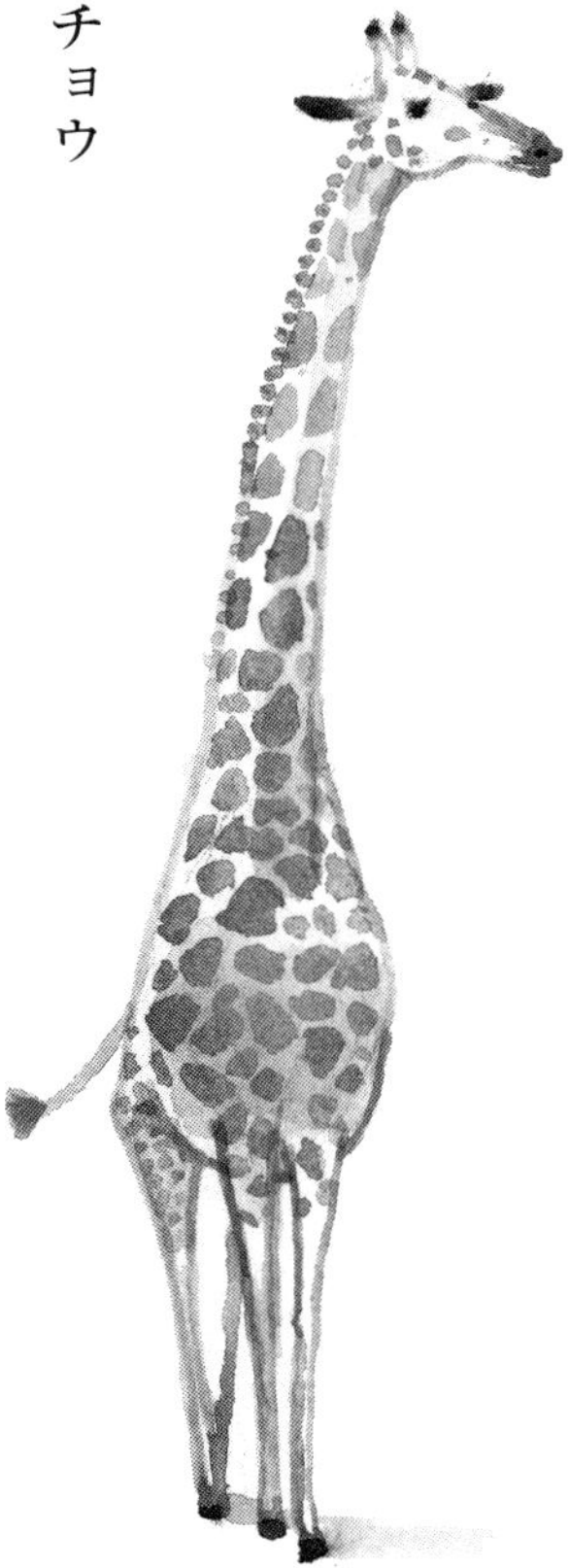

だれの　じゃまにも　ならない
あんなに　小さな　虫なのに
それが　また　はんぶんに　なって
そっと…

だれだって　それを見ますと
せかいじゅうに
しーっ！
と　めくばせ　したくなります

どんなに　かすかな　もの音でも
チョウチョウの　ねむりを
やぶりはしないかと…

イナゴ

はっぱにとまった
イナゴの目に
一てん
もえている夕やけ

でも　イナゴは
ぼくしか見ていないのだ
エンジンをかけたまま
いつでもにげられるしせいで……

ああ　強い生きものと
よわい生きもののあいだを
川のように流れる
イネのにおい！

とおい　ところ

ゆうがたの
ひさしの　そらを　みあげると
くものすに
カと　ならんで
ほしが　かかっている

ああ
ほしが
カと　まぎれるほどの
こんなに　とおい　ところで
わたしたちは　いきている

カや
クモや
その　ほかの
かぞえきれないほどの
いきものたちと　いっしょに

けむり

おちばを　たくと
木の　おもいでが
けむりに　なって　おきだしてくる
空を　たずねていって
こずえを　つくろうと
えだを　ひろげる

えだを　ひろげる
小鳥たちが
すきだったように　するために
あれこれ　考えまどいながら
それは　もう
いろいろに

落葉

人の耳には　ただ
「かさっ…」としかひびきませんが
その一言《ひとこと》を　忘れる落葉《おちば》はありません
きん色の秋の空から　おりてきて
いま　地面にとどいた

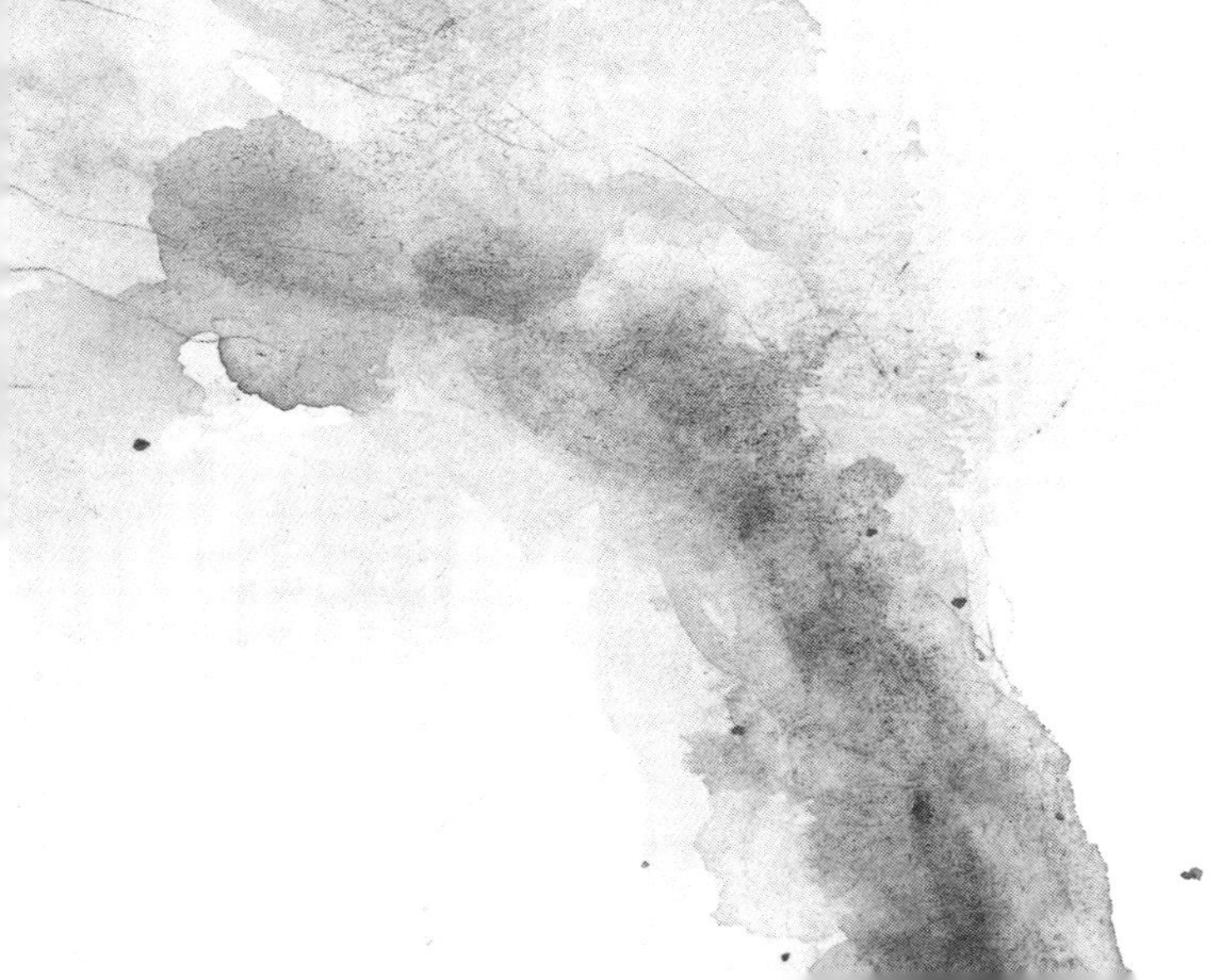

という　その一しゅんに
「ただいま…」
なのでしょうね　それは
長い長い旅のバトンタッチを終えて
ようやっと　ふるさとの
わが家《や》の門に　たどりつき
ようやっと　それだけ言えた

そして　たぶん　それには
大地のお母さんの
「おかえりなさい…」
も重《かさ》なっているのでしょう
「おつかれさま
　さあ　私の胸でゆっくりお休み…」
という　思いのこもった

そのうえ　ほんとうは　それには
宇宙のお父さんの
「さあ　元気に行っておいで…」
もまた　重なっているのでしょう
大地に休むということは
明日《あした》の生命《いのち》を　育てるための
「土」への　出発なのでしょうから

人の耳には　ただ
「かさっ…」としかひびきませんが

V

あさつゆ

みんな　まだ
ふかい　ねむりの
なかですが

あさが
しーんと
てを　あわせています
ようやっと
いま　おでましの
おひさまへ…

ああ
ての　じゅずの
ひかり！

さくらの　はなびら

えだを　はなれて
ひとひら

さくらの　はなびらが
じめんに　たどりついた

いま　おわったのだ
そして　はじまったのだ

ひとつの　ことが
さくらに　とって

いや　ちきゅうに　とって
うちゅうに　とって

あたりまえすぎる
ひとつの　ことが
かけがえのない
ひとつの　ことが

はるの　さんぽ

どこも　かしこも　いちめんの
なのはな　レンゲソウ

ほら　あそこを　のそり　のそり
ウシが　あるいているでしょう

あれは
のそりのそりに　ウシが　のって
ウシに　そよかぜが　のって
そよかぜに　ヒバリが　のって
ヒバリに　おひさまが　のって
五人のりの　サーカスが
のそり　のそり　のそりと
はるの　さんぽに
でかける　ところですよ

のはらの　ずっと　むこうの
やまびこさんの　おたくの方まで

よかったなあ

よかったなあ　草や木が
ぼくらの　まわりに　いてくれて
目のさめる　みどりの葉っぱ
美しいものの代表　花
かぐわしい実

よかったなあ　草や木が
何おく　何ちょう
もっと数かぎりなく　いてくれて
どの　ひとつひとつも
みんな　めいめいに違っていてくれて

よかったなあ　草や木が
どんなところにも　いてくれて

鳥や　けものや　虫や　人
何が訪ねるのをでも
そこに動かないで　待っていてくれて
ああ　よかったなあ　草や木がいつも
雨に洗われ
風にみがかれ
太陽にかがやいて　きらきらと

はっぱと　りんかく

みずみずしい
はっぱのりんかくのなかで　はっぱが

すがすがしい
くうきのりんかくのなかで　はっぱが
ういういしい
うちゅうのりんかくのなかで　はっぱが
こうごうしい
じかんのりんかくのなかで　はっぱが
そして　いじらしい
はっぱのりんかくの　そとから
「はっぱ」という　にんげんのことばが

セミ

土の中から　けさ　でてきて
もう　セミが　うたえている

ならったことも　ない
きいたことも　ない
とおい　そせんの日の　うたを
とおい　そせんの日の　ふしで

たいよう　ばんざい　ざいざいざい
たいよう　ばんざい　ざいざいざい

うたは　もえて　もえて
こずえへのぼり　くもへのぼり
くも　つきぬけて　そらへと　のぼり

たいようの　てに　すくわれて
そのゆびに　あそんで　ちりこぼれ

きらめきながら
ゆらめきながら
またふるさとの　うみやまかわへと
しんしん　しんしん　まいおりてきて
土の中へと　しみとおっていく

とおい　しそんの日の　なつにも
とおい　しそんの日の　そらへと
また　もえのぼって　いきたくて

たいよう　ばんざい　ざいざいざい
たいよう　ばんざい　ざいざいざい

木

マグマの歌　ひびく
土のなかへと
どこまでも深く広くのびていって

星　ふりやまぬ
空のなかへと
どこまでも深く広くのびていって

なんまん　なんおくねん
土の心とかよいあい
空の心とかよいあい
うちゅうの心とかよいあい

いまやぼくらのおよびもつかない

うちゅうのいのちの大せんぱいとして
木は生きている

どっしりと　立って
ぼくらのそばの　ここに…

星のように　とおく！

いい　けしき

水が　よこたわっている
水平《すいへい》に

木が　立っている

垂直《すいちょく》に

山が　坐《すわ》っている
じつに水平に
じつに垂直に

この平安をふるさとにしているのだ
ぼくたち
ありとあらゆる生き物が…

やさしい　けしき

あちらには　山
こちらには　海

川が　山のたよりをあつめては
マラソンで
海へ　おくりとどけ

雲が　海のたよりをあつめては
うたにして
山へ　おくりとどけ

天から
日
月
星が
ほほえんで　見おろし

そして　なんおく年
とうとうある日　生まれでてきました

かずかぎりない　生きものたちが
笑いさざめきながら…

この　やさしいけしきを
もっと　やさしくするために

雨は林です

雨はふかい林です
昔もふかい林でした
だれも通りぬけられません
こんな林のなかに
いつ生まれたのかと思います
人やくるまの通る

こんなににぎやかな町が

雨は水の林です
昔も水の林でした
青くぬれてけむっています
こんな林のなかに
なぜ見えないのかと思います
なにも忘れてあそぶ
さかなの子どもらのかげが

雨ふれば

雨ふれば
お勝手《かって》も

雨の匂《におい》している。
　濡《ぬ》れた葱《ねぎ》など
　青くおいてある。

雨ふれば
障子《しょうじ》の中、
母さんやさしい。
　縫物《ぬいもの》される針《はり》
　すいすいと光る。

雨ふれば
通りのもの音、
ぬれている。
　　時おり
　ことり　などする。

橋

川は空を見あげて　流れています
空はひろいなあ　と思って流れています
川は空を流れたくて　流れています

橋《はし》を渡るときに　わたしたちの体が
なんとなく
すきとおってくるような気がするのは
きっと　わたしたちが
川の憧《あこが》れの中を　通るからでしょうね

そして　川の憧れの中には
昔の人たちの憧れも
まじっているからでしょうね

川のあちらがわへ　渡りたいなあ
どうしても渡りたいなあ　と考えて
とうとう橋をかけてしまった
昔の人たちの憧れも

貝の　ふえ

ひろった　貝《かい》で
つくった　ふえ
風に　ほろろ
空に　ちろろ
空の　遠くは
青い　海
海の　あの日の

うたを　うたう
ほー　ろろろ
ちー　ろろろ

おまつり

おまつりの　ひには
おまつり　させて
たかあい　てんから
せんぞが　みてる
ぴいひゃら　ぷうひゃら
おまつり　させて

おしあい　へしあい
みんなで　みてる

小さな草

風がどこからか運んできた一《ひと》つぶのタネ
からうまれでた　この一かぶの小さな草
人にふまれ　くるまにけとばされ
でも花をさかせ　実をむすび　その実は

風にたのんで知らないとおくへ運びおえ
まだこうして霜《しも》がおりるまではここで
夕やけに見とれ　風とあそんで生きている
この世に一つきりの自分をこんなに光らせて
この石だたみのすきまのかすかな湿《しめ》りを
思い出つきないふるさとのわが家《や》として

コオロギの夜

くらやみのあぜ道を
ポストまで手紙を出しにいくと
どこにも　かしこにも
コオロギたちの青い星つぶの家家《いえいえ》が密集《みっしゅう》し
まぶしいばかりに
夜のお祈《いの》りのまっ最中《さいちゅう》だった

ぼくをはこんでいく　ぼくのどた足は
みるみる　星にびしょぬれ
星まみれとなり
手にもつぼくの手紙は星明《ほしあか》りにすけていき
そのまま　さらさらと読みとられ
さらさらと消しとられ
さらさら　さらさらと昇《のぼ》っていくのだった

何によってか　何のためにか
はるかな神神《かみがみ》の　星へ星へと
持主《もちぬし》のない
落《お》とし物《もの》のように　ひとつ
ぼくをそこに残しておいたまま

トンボと　そら

トンボが
とびさった　あとの
ひさしの　かどに
そらが
おりてきている

トンボが
そこに
とまっていた　ことの
きねんのように

いつでも
だれの　ときにでものように
さびしそうに
ひかって

秋空

見あげていると

すみわたった秋空《あきぞら》のどこかで
ぽとん…
という　けはいがした

それは
ほんとに　かすかにだったので
いま　だれかが
空のどこかのポストに
私あての　てがみを入れた！
と　思ってしまった

のも　私のようでもあり
ずっと昔の　とある日の
死んだ
私の母のようでもあるのだった

その胸に

あかんぼうだった私をだいて
ひとり
秋空を見あげていなさったときの…

臨終《りんじゅう》

神さま
私という耳かきに
海を
一どだけ掬《すく》わせてくださいまして
ありがとうございました
海
きれいでした
この一滴《いってき》の

夕焼《ゆうやけ》を
だいじにだいじに
お届《とど》けにまいります

夕日

けはいに　ふりむくと
夕日が　おちていくところだ
夕日にたずねたいことがあったのに
なにを　だったろう
おちていく
顔になって　おちていく

むさしののはての　コナラの林に
きんの夕日が
あんなに　ひとり
西…　の顔が

れんしゅう

今日《きょう》も死を見送っている
生まれては立去《たちさ》っていく今日の死を
自《じ》転公転《てんこうてん》をつづけるこの地球上の
すべての生き物が　生まれたばかりの
今日の死を毎日見送りつづけている

なぜなのだろう
「今日」の「死」という
とりかえしのつかない大事《おおごと》がまるで
なんでもない「当《あた》り前事《まえごと》」のように毎日
毎日くりかえされるのは　つまりそれは

ボクらがボクらじしんの死をむかえる日に
あわてふためかないようにとあの
やさしい天がそのれんしゅうをつづけて
くださっているのだと気づかぬバカは
まあこのよにはいないだろうということか

VI

そら

そらが　あんなに　あおいのは
うみが　うつっているからか
ほしが　すむ　くにだからか

そらの　しずく　ひとつぶ
すってんころりん　ほうほけきょ
と
ぼくの　てに　おちて　こい

一ばんぼし

ひろい　ひろい　そらの　なか
一ばんぼしは　どこかしら

一ばんぼしは　もう　とうに
あたしを　みつけて　まってるのに

一ばんぼしの　まつげは　もう
あたしの　ほほに　さわるのに

ひろい　ひろい　そらの　なか
一ばんぼしは　どこかしら

ちいさな　ゆき

ちいさな　ゆきが
ちらりん　ひとつ
ひとさしゆびに　おりてきた
ひとさしゆびの　ゆびさきに
てんの　つかいのように　して

ちいさな　ゆきが
ちらりん　ひとつ
ひとさしゆびで　きえちゃった
ひとさしゆびの　ゆびさきで
てんの　ようじは　いわないで

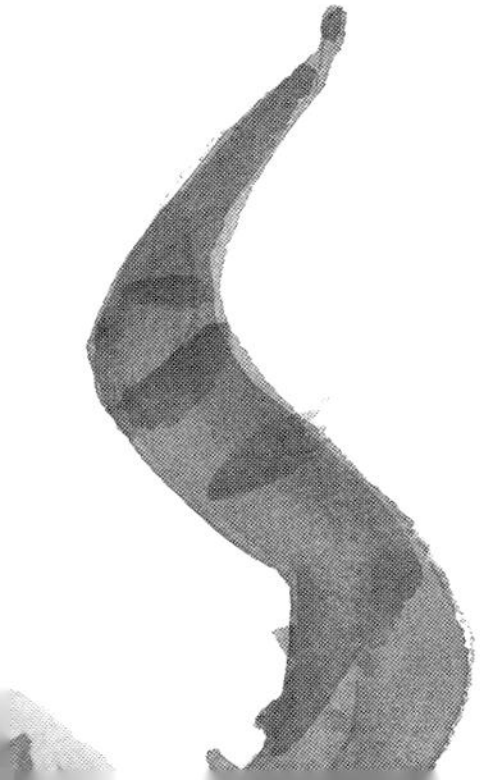

空

この青くすんだ　空は
きのうの空のように　見える
百年まえの　千年まえの
もっともっと　まえの
サルに　にていたころの人間や
キョウリュウたちが　見上げていた
その同じ空のように…

けれども　地球は
太陽のまわりを　まわり
その太陽も　銀河《ぎんが》宇宙の中をまわり
その銀河宇宙も
むげんの　大《だい》宇宙の中を
むげんに　まわっているのだとすれば

いま　見上げている
この頭の上の　ひろがりは
いま　初めて　ここにきたばかりの
ま新しい　ひろがりだ
どんなものに　とっても　初めての…
そしてもう　二どと　くることのない…

でも　それが　ぼくらの目には
なぜ　一枚の　空なのだろう
永遠に　変ることのないかのような
こんなに　青くすんだ…

太陽と地球

まだ　若かったころのこと
太陽は　気がつきました
わが子　地球について
ひとつだけ　どうしても
知ることのできないことが　あるのを…

それは　地球の夜です
地球の夜に
どうぞ安らかな眠りがありますように
どうぞ幸せな夢があふれますように

祈《いの》りをこめて　太陽は
地球の　そばに
月を　つかわしました

地球の夜を　見まもらせるために
美しくやさしい　光をあたえて

今では　もう
若いとも　いえませんが
太陽は　忘れたことがありません
地球の　寝顔《ねがお》が
どんなに　安らかであるかを
夜《よ》どおし　月に　聞くことを…

えいえんに　ゆたかに

植物は
いつも　しずかで

わたしたち　動物の
やさしい　姉《ねえ》さんのようだ

鉱物《こうぶつ》は
どっしりと　おちついていて
たのもしい　兄《にい》さんのようだ
やさしい　姉さんの
そのまた　うえの

わたしが　こんな　ことを
思っている　いまも
うちゅうは　ただ
はるばると　ほほえんでいるのか

この世界中の
どんなに小さな　チリ一つでさえも
見まもって

お母さんらしく
えいえんに　ゆたかに

こんなに　たしかに

ここは宇宙のどのへんなのか
いまは時間のどのへんなのか

鉱物《こうぶつ》たち　はてしなく大らかで
植物たち　かぎりなくみずみずしく
動物たち　いつもまっ正直《しょうじき》で
この数えきれないまぶしい物物物の中の
ひとつぶの生き物　ぼくたち

こいびとたち　美しく
父母《ちちはは》たち　やさしく
友だちたち　たのもしく
たべもの　みんな　おいしく
やらずにおれない素晴らしいこと
山ほど　あって
生かされている！

自分で　生きているかのように
こんなに　たしかに！

一つぶよ

ぼくらの　まえへと　つづき
そして　うしろへと　つづく
えいえんの　じかん

ぼくらの　そとがわへと　ひろがり
そして　うちがわへと　ちぢまる
むげんの　うちゅう

きりがない　はてがない　さいげんがない
どこまでも　どこまでも　どこまでも
の　なかの　ぼくらよ　一《ひと》つぶよ
と　おもうことだけは　でき
それだけしか　できないのだとしても

その　それだけよ　一つぶよ

私たちは

私たちはどこでどうしていようと
「そこ」とか「ここ」とかの
見える「場所」で
見えない「今」の一瞬《いっしゅん》一瞬を
かぎりもなくつづけているのだが
つづけながらにふっと気がつく
つづけているのは私たちではなくて
見えない「時間」の方がひっそりと
つづいているんだなあと
そしてそう気がつくと夜が明けるように

わかってくるのだこの老人にも
「時間」こそは母なる宇宙ご自身なのだと
私たちこの世の存在物《そんざいぶつ》の残らずを
その胸に抱《だ》きつづけていてくださる…
しかも有難《ありがた》いことにそのやさしさの外へ
こぼれ出ることだけは
たとえ一瞬でもチリ一つでも
こんりんざいできっこないんだと…

太陽の光のなかで

みんな　安心しきっています
太陽の　あたたかい光のなかで
じぶんが　じぶんで　あることに

ウサギでも
小川でも
タンポポでも
アメンボウでも
雲でも
ツバメでも
にんげんでも
イチョウの木でも

おかあさんの　おなかの中にいる
あかちゃんのように…
引力《いんりょく》のヘソノオに
しっかりと　つかまえてもらって…

ヘソノオから　きこえてくる
神さまの子もりうたに

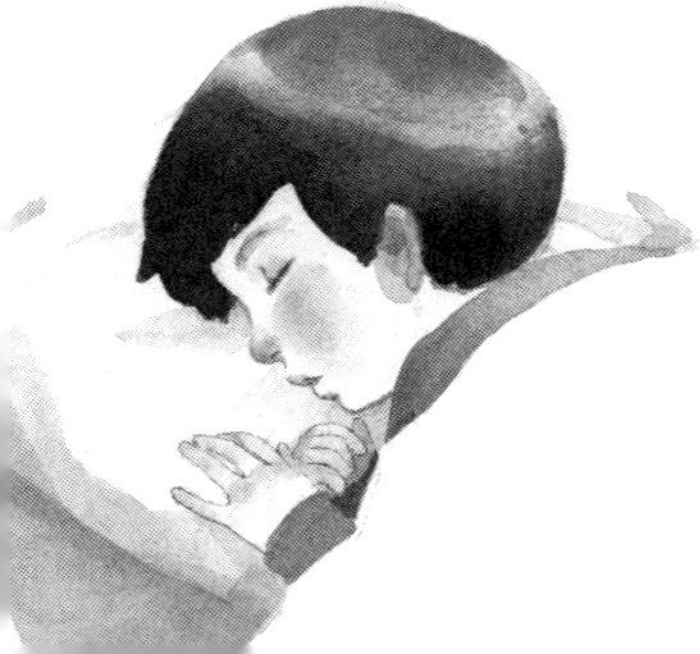

みんな　みんな　うっとりと
どんなに　すばらしい明日《あした》が
待っていてくれるのかも知らないで…

頭と足

生きものが　立っているとき
その頭は　きっと
宇宙のはてを　ゆびさしています
なんおくまんの　生きものが
なんおくまんの　所に
立っていたと　しても…

針山《はりやま》に　さされた
まち針《ばり》たちの　つまみのように
めいめいに　はなればなれに
宇宙のはての　ぼうぼうを…

けれども　そのときにも
足だけは
みんな　地球の　おなじ中心を
ゆびさしています
おかあさあん…
と　声かぎり　よんで

まるで
とりかえしの　つかない所へ
とんで行こうとする　頭を
ひきとめて　もらいたいかのように

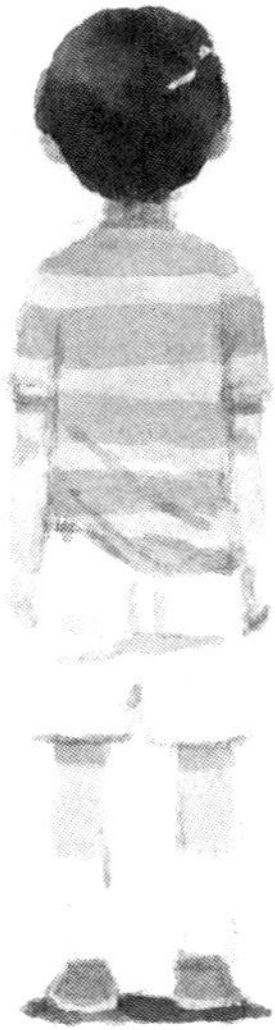

風

風にもあるのですか
形が

あるから着るのです
光のコートを

くらやみをだって着ます
ぴったりのスーツにして
霧《きり》のカーディガンをはおることもあります
ふかい谷を　こえわたるときに

風はいくのですね　くると見せて
いつも先の先へと

風はなにを指おりかぞえるのですか
海の波で
地球のおかあさんの　宇宙の年をです
自分の年のつもりで…

空気

ぼくの　胸の中に
いま　入ってきたのは
いままで　ママの胸の中にいた空気
そしてぼくが　いま吐《は》いた空気は
もう　パパの胸の中に　入っていく

同じ家に　住んでおれば
いや　同じ国に住んでおれば
いやいや　同じ地球に住んでおれば
いつかは
同じ空気が　入れかわるのだ
ありとあらゆる　生き物の胸の中を

きのう　庭《にわ》のアリの胸の中にいた空気が
いま　妹の胸の中に　入っていく
空気はびっくりぎょうてんしているか？
なんの　同じ空気が　ついこの間は
南氷洋《なんぴょうよう》の
クジラの胸の中に　いたのだ

五月
ぼくの心が　いま

すきとおりそうに　清々《すがすが》しいのは
見わたす青葉たちの　吐く空気が
ぼくらに入り
ぼくらを内側から
緑にそめあげてくれているのだ

一つの体を　めぐる
血の　せせらぎのように
胸から　胸へ
一つの地球をめぐる　空気のせせらぎ！
それは　うたっているのか
忘れないで　忘れないで…と
すべての生き物が兄弟《きょうだい》であることを！

地球の用事

ビーズつなぎの　手から　おちた
赤い　ビーズ

指さきから　ひざへ
ひざから　ざぶとんへ
ざぶとんから　たたみへ
ひくい　ほうへ
ひくい　ほうへと
かけて　いって
たたみの　すみの　こげあなに
はいって　とまった

いわれた　とおりの　道を
ちゃんと　かけて

いわれた　とおりの　ところへ
ちゃんと　来ました
と　いうように
いま　あんしんした　顔で
光って　いる

ああ　こんなに　小さな
ちびちゃんを
ここまで　走らせた
地球の　用事は
なんだったのだろう

こま

ぼくを　はなれて
けんめいに　まわりはじめた
ぼくの力の小さな宇宙
の　中のおくまんの星座《せいざ》
の　中のとある一《ひと》つぶの星
を　どんなにぼくは見たいことか！

その　星から
まっすぐ　一すじに
ふるさと　ぼくへと注《そそ》がれている
矢の　まなざしを
反対に　たどりさえすれば
見えるはずなのに！

でも　いい
この　大宇宙の
はるかな　ぼくの力のみなもとに
いらっしゃる　お方にだけは
見えているのだ！

手にとるように！

ぬけた歯

ぬけた歯をてのひらにのせると
星のようだ
生きもののぼくの口の中へはもう
帰れないほど　とおくに光る…

ぼくの体の　どこかであったのが
嘘《うそ》のようだ
ここから見えるのもふしぎな
ふるさとの　どこかに
帰りついているかのようだ
そこにあることこそが本当の…

生きものの一ばん初めの祖先《そせん》が
そこで生まれたころの
風も虹《にじ》もやまびこも
まだ赤んぼうだったころの
宇宙のふるさとの　どこかに…

皿

とり落《おと》したとき
皿《さら》は　割れた
まだ床《ゆか》に　とどかないうちに
わたしの中で
わたしが　はっとした瞬間《しゅんかん》に

皿は　床にとどいて
もう一ど　割れたとき
夕やけのように　はにかんだ
わたしの中で割れた皿との
「割れ」の違いを?

いや
割れた破片《はへん》の　それぞれが

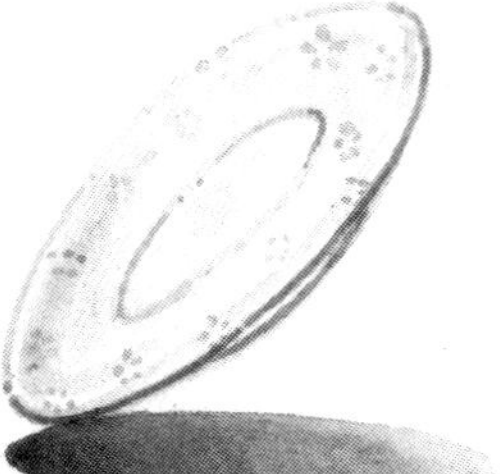

なお割れつづけての　いつかの果てに
はるかに辿《たど》りつくはずの
ふるさとへ
はや　思いを馳《は》せてしまったのを…

ページ

読んでいる人は　気がつきません
でもページは　めくられるときの
わずかな風に
一しゅん
目をさまして　見るのです
心の中の　ふるさとの

二どと　かえれない林を
風にそよぐ　みどりの木木《きぎ》を
「立つ」という形に　かがやいている
じぶんたちの　すがたを

人が　二〇〇ページの本を読むとき
ページは　一〇〇たびも見るのです

「じぶんの目」ではなくて
なぜか　もう　それしかない
「じぶんたちの目」で
ひとごとのように…

木

木が　そこに立っているのは
それは木が
空にかきつづけている
きょうの日記です

あの太陽にむかって
なん十年
なん百年
一日《いちじつ》一ときの休みなく
生きつづけている生命《いのち》のきょうの…

雨や
小鳥や
風たちがきて

一心《いっしん》に読むのを　きくたびに
人は　気がつきます

この一つしかない　母の星
みどりの地球が
どんなに心のかぎり
そこで　ほめたたえられているかに

人の心にも
しみじみ　しみとおってくる
地球ことばなのに
宇宙ことばかもしれない
はるかな　しらべで…

泉

どんな人でも
泣くことがあります
そして　泣くときだけは
どんな人でも　泉《いずみ》にしてもらえます

まわりの
みじかな人たちに
せいぜい　やさしい森になってもらって…

天のうえの
あのとうといお方が
渇《かわ》いていらっしゃるのでしょうか

いいえ　ほんとうは

渇ききっているのに
いつも気づかないでいる　自分のために

雪がふる

雪がふる
雪がふる
遠い見えない　ところから
遠い見えない　理由から
それは大昔の　ただ　こんこんの
眠りだったころの　地球に
ふとある日　訪れたのか

小さなかすかな一つの夢が
それが　もとで　この世の中に
かずかぎりない　生き物たちが
生まれでることになった・・・

そのとき　天に
生まれて初めての　嬉《うれ》し涙《なみだ》があふれ
それは　はるかに落ちつづけ
落ちつづけながら　そのはるけさに
磨《みが》かれつづけ　磨かれつづけ
かがやく花びらになって　とどいたのか
この地球の　すべての物の上に

その初めての　雪から
なんまん　なんおく年
今となっては　もう
なかったのかも知れないと思えるほどの

そんなに遠い日を　思いだすたびに
今も　雪をふらすのか　天は

雪がふる
雪がふる
だれも知らない　はるかなその日を
なつかしむように
記念するように

エッセイ、詩

私のまどさんファイル

谷川俊太郎

「いわずに　おれなくなる」鑑賞

詩に限らない、何かを言わずにいられれないのが人間である。その心の動きを正反両面から、箴言《しんげん》のように簡潔に言い当てた作。日常目に触れるささやかなものや出来事を歌うことの多いまどさんの詩に隠された思想性をよく表している。ふつうこの種の作は論理ばかりが目立って、詩としての魅力にとぼしいものだが、この作の場合はその切り詰められた正確さと、シンメトリカルな形によって、小気味よく読む者に訴える。まどさんの詩は、それがたとえ子どもたちの喜びそうな童謡の形をとっているときでさえ、常にどこかで現実の人間の、ひいては生き物の生にかかわっている。言いたいのではなく、言ってやろうというのでもなく、「いわずにおれなくなる」、それがまどさんの生そのものなのだ。だがまどさんは言わずにいられないことを、垂れ流したりはしない、声高にも語らないし韜晦《とうかい》もしない。まどさんは溢《あふ》れるものを削りに削ってのっぴきならない表現に至る。そこではすでに小さな自我は消え去り、万人に通ずる言葉が出現する。この簡潔な作が内包している矛盾と両義性は途方もなく深く大きい。詩では言葉が言葉を超えたものを指さすために用いられ、詩が大岡信の言うように孤心《こしん》と宴《うたげ》のふたつの要素から成っているものだとすれば、この作はほとんどひらがなばかりの平易な表現で詩の原理に迫っているとも言えるが、そういうおおげさな読みを拒む質実さもまたこの作の魅力だ。

――『日本名詩集成』（學燈社、一九九六年）より

一九九九年十二月のある日

「絵は子どものころから大好きでした、小学校のとき［甲］は図画と唱歌だけ、あとは全部駄目なんです。それはいまもずっと続いて、もし手がふるえてなかったら、おそらくいま詩なんかやめて絵を描いていると思います。詩は書いても書いたって気があまりしないんですけど、絵は描いたアって感じがして……」。九十歳になられたまど・みちおさんは、壇上に上がっても一言も喋《しゃべ》らないことがあるという評判だが、今日は司会役の私の問いかけに飄々《ひょうひょう》と答えて下さるので、聴衆から笑いが絶えない。岐阜県美術館のハイビジョンホールでのトーク、いまここでは『「在る」ということの不思議　佐藤慶次郎とまど・みちお展』と題された、それこそ不思議な展覧会が開かれている。

まどさんは詩人だからもちろん場内には、パネルになった詩作品が展示されている。だがそれは抽象絵画のカラーコピーと一体にデザインされていて、見て行くうちに、私たちは別の壁面にその原画が展示されているのに出会う。それらの絵画作品はすべてまどさんの手になったものなのだ。では、作曲家佐藤慶次郎の作品はどのように展示されているのだろう。スピーカーから音楽も聞こえてこないし、探しても壁面に楽譜はない。その代わりそこには、いくつもの大小の動く立体作品が展示されている。動くと言ってもロボットみたいに動くのではない、モビールとも違う。小さな球や環が垂直に立てられた、ときには丸く曲げられた針金の軸に沿って上がったり下がったりするのだ。なんでも磁気による振動のせいで動くらしいのだが、厳密な計算によるものではないという。

まどさんの絵と詩、佐藤さんのなんと呼べばいいのか分からないもの、その両者の組み合わせはしかし、まったく唐突ではない。それらは互いに愛想よくもしないが、互いにそっぽを向いてもいない。まどさんの作り出したものも佐藤さんの作り出したものも、ただそこに「在る」、自己主張もせず、甘えもせず、余計な謙遜《けんそん》もせず、草花のように簡素に豊かに存在している。それらは美術館の閉ざされた空間に並べられながら、その空間を新しい開かれた空間に作り変えたと言ってもいいかもしれない。そうしたのは二人の作品の力だろうか？　それはそうなのだが、作品の力を生み出したのは作者の人柄だと言いたい誘惑に私はかられる。この空間にみなぎるゆったりした静けさ……佐藤さんはまどさんと違ってよく喋るけれど、言葉を超える何かを二人とも心の奥に秘めていて、それが静けさを生むのだと思う。
私は行が短く余白の多い、凝縮のきわみと言っていい詩に比べて、まどさんの絵がまったく余白を残さず線と色で埋め尽くされているのに驚く。あれはもしかするとまどさんの意識下からあふれてきたものではないか。佐藤さんは自動記述に近いものではないかと言う。まどさんは茫洋《ぼうよう》としてそこに「在る」、その在りかたがなんとものどかでしかも威厳がある。「とにかく絵を描くのは楽しいですよ」とおっしゃるから私が「詩を書くのは楽しくないんですか」と問うと、言下に「そうですね、難儀なことのほうが多い」と答えられた。

遊びをせんとや……『うふふ詩集』評

あのね、まどさん、ぼくは百歳にはまだ少し間があるんです。が、「飛ぶ教室」から『うふふ詩集』（理論社、二〇〇八年）のブックレビューをご執筆いただきたく、とファックスが来たもんだから、思わず「うふふ」になってしまった、だって「うふふ」や「アッホー」や「へへ　ふー」が、ブックレビューというコトバの前で照レチャウのが分かるから。

まどさん、タガがはずれてきましたね、もともとココロのタガはきつくなかったと思うけど、日本語のタガもこの詩集では外れかけていますね。でも認知症で外れかけてるんじゃない。この外れ方、いや外し方は確信犯的だ。ぼくも後期高齢者のはしくれですからそのくらいは分かる、意味の推敲《すいこう》と口調の推敲、それにまどさんもぼくもけっこうな時間を費やしてきてるわけですが、その推敲の基準になっているものが、年取っていくにつれて少しずつお行儀がわるくなっていく。

若い人のおとぼけの味はどこかコトバの上だけのウソん気みたいなところがあるけれど、年寄りのおとぼけは本気のおとぼけ。つまり「どこのだれなのやら」で「わすれんぼう／の　ねむりんぼう」で「なあなあぶし」で、それが自分のカラダとココロに即してリアルだから、レトリックとは違う人生ぐるみのコトバの味わいが出てくる。

何篇かの最終行に今度の詩集の特色がもっともよく現れてるのは誰もが認めるところでしょう。「うふふ」「アッホー」「ふふ」「へへ　ふー」「ふっふふ」「ん？」「やっほっほー！」「フ」書き写していると、日本語のこういうオノマトペの多彩で微妙な表現力に驚きます。長いあいだ詩を書き続けてきたからこそ、まどさんは意味とは違うコトバの声の、カラダと切り離せない繊細な波動に自然に気づいたのでしょうね。

「遊びをせんとや生まれけむ　戯《たわぶ》れせんとや生まれけん　遊ぶ子供の声きけば　我が身さえこそ動《ゆる》がるれ」という「梁塵秘抄《りょうじんひしょう》」のうたが、身に沁みます。

百歳のお祝いに書いた詩

まどさんね……

まどさんね
僕　しろやぎさんのおてがみ見ちゃった
白い紙に字は書いてなくて絵だけ
誰もいない道がずっと向こうまで続いてる
まどさんが歩いて行ったあとの道
もう後姿は見えない
遠近法の消失点を越えてしまって
ノミよりもカよりもバイキンよりも小さく身を縮めて
まどさん　どこへ行くの?

まどさんね
僕　くろやぎさんのおてがみも見ちゃったよ
黒い紙に針で突いたような穴がいっぱい
光が透けてきらきら星空みたい
そこに字がほんの少し書いてあった
ス　キ　ダ　ヨ　ナ　ゼ　デ　モ
すぐ分かったよ　言葉はみんな暗号だって
ほんとの世界はまだ隠されている
まどさん　もう生まれた？

（たにかわ・しゅんたろう／詩人）

編者解説

はるかな時空への憧れ

谷 悦子

まど・みちおさんは、一九〇九（明治四十二）年十一月十六日、山口県徳山市（現在の周南市）に、父清作さん、母シカさんの次男として生まれた。本名は石田道雄。五歳のある朝目覚めてみると、母はまどさんひとりを祖父母のもとに残し、兄妹を連れて父のいる台湾に行ってしまっていた。その半年後に祖母は亡くなり、小学校四年生で台湾に呼ばれるまでの三年半、祖父とふたりきりの寂しい幼少年期を過ごす。が、瀬戸内海地方の穏やかな光の中で、近くの田畑や野原に出かけては草花をあきずに見つめ、美しい自然と一体になって夢想する幸せを体感してもいる。

〈れんげ草の花を逆さにするとシャンデリアのようにきれいでかすかにいいにおいがし、矢車草の瑠璃《るり》色は頬ずりしたくなるほど優しく神秘的で、なぜか青空のにおいがした。雀《すずめ》の鉄砲で草笛を作ってピーと鳴らすと金色の絹糸みたいな光がのぼっていくのが見え、空で鳴いているヒバリと、ひとりぼっちでそこにいる自分と、台湾にいる両親とが大きな三角形でつながっているように感じた。よもぎを摘んでいる時には、シーンとして遠い、自分ひとりぼっちという感覚、宇宙につながっている感じがした〉と述懐し、詩の源泉について次のように語っている。「幼年期の頃の私の五感が受け取ったものが、いま私に詩らしきものを書かせている美意識の基礎になっていると思います。その頃に外界から受けた刺激というのはじつに強烈で、無意識のうちに私たちの中に蓄積されているのだろうと思います」（拙著『まど・みちお 研究と資料』和泉書院）。

詩作を始めたのは、測量・設計・力学などを学んでいた台北工業学校五年生（十八歳）の時。卒業後、台湾総督府に勤めて道路や架橋工事の監督に従事しながら創作を続け、一九三四（昭和九）年、『コドモノクニ』に投稿した「雨ふれば」「ランタナの籬《かき》」が北原白秋に認められて詩・童謡の世界にデビューした。戦後は童謡中心に書いてきたが、一九六八（昭和四十三）年、五十八歳で、最初の詩集『てんぷらぴりぴり』（大日本図書）を出版し、野間児童文芸賞を受賞して以降、詩作への意欲が強く湧《わ》き、数多くの詩と詩集が生まれる。唯一自《みずか》らが出版社に持ち込んだという第二詩集『まめつぶうた』（理論社）には、「はじめに」という序文が付けられており、「私は人間の大人ですが、この途方もない宇宙の前では、何も知らない小さな子どもです。そして子どもに遠慮はいりませんから、私は私に不思議でならない物事には何にでも無鉄砲にとびついていって、そこで気がすむまで不思議がるのです。／この詩集はいわばこういう私の『不思議がり』を集めたようなものかも知れません」と記している。

二〇〇九年十一月、まどさんは百歳を迎え、翌年一月三日にＮＨＫ特集「ふしぎがり～まど・みちお 百歳の詩～」が放映されて、多くの人々に深い感動と励ましを与えた。今回の詩集は、まどさんの「不思議がり」から生まれてきた二千篇を超える作品の中から一三五篇を選び、テーマの共通性によって六つの観点に分けて編んだ。

Ⅰは「〝在ること〟の不思議・自分が自分である喜び」である。

詩・童謡の世界にデビューした二十五歳の時、まどさんはすでに思想の根幹となる随筆「動物を愛する心」を発表している。


この世の中に存在するあらゆるもの、それはそのあるがまゝに於《おい》て可とせられ、祝福せらる可《べ》き筈《はず》のものであらう。／この世の中のありとあらゆるものが、夫々《それぞれ》に自分としての形をもち、性質をもち、互《たがい》に相関係してゆくと言ふ事は、何と言ふ大きい真実であらう。（中略）世の中のあらゆるものは、価値的にみんな平等である。みんながみんな、夫々に尊いのだ。みんながみんな、心ゆくまゝに存在してい、筈なのだ。

（『動物文学』第八輯）


地球上に存在する全てのものは、草や石ころや虫であっても価値的にみんな平等で、それぞれに尊く、あるがままの自分が大切なのだと考えていた。それゆえこのテーマの作品が多い。「ぞうさん」は鼻が長いという他者とは異質な自分を誇らしげに肯定するし、「うさぎ」は「うさぎ（わたし）に　うまれて／うれしい」と〈自分が自分である喜び〉を直截《ちよくせつ》的に表出する。「ぼくが　ここに」では、それぞれの存在が尊いのは誰（何）かが〝いま・ここに・在る〟ということは、それ以外の何ものにもとってかわらない、かけがえがないからだと存在の固有性を賛《たた》え、はるかな宇宙にある神（宇宙意志）によって生かされ守られていると教えてくれる。まどさんは、「あることと／ないことが／まぶしいように／ぴったりだ」（「リンゴ」）と、〝在ること〟自体に感嘆する魂をもっているのだ。

「水は　うたいます」では〈水が水である喜び〉を歌っている。水という存在は、川・海・雲・雨・虹・雪・氷と姿を変えながら天と地を巡り、過去から現在・未来へと流れ続け、時空を無限に循環しながらいのちを育て、生命の源ともなる。動詞のみを未来から過去へ変えての反復と白秋由来のオノマトペを駆使して、宇宙の中で永遠が演じられている様子を信じ難いほどのリアリティーで描き出している。

Ⅱは「笑い・ことば遊びの楽しさ」である。

短詩はいま読んでも斬新《ざんしん》でユーモラスだが、そのほとんどは昭和二十二、三年頃に作られた。一九四三（昭和十八）年一月に応召して一九四六年に東南アジアへの出征から帰還。川崎市の味の素工場の守衛（二十四時間勤務）をしていた生活的にも困難な時期に、発表の当てもなく書かれたものである。動植物や物たちの独白に意表をつかれて笑いが生じ、形態や状態の機知的な捉《とら》え方におかしさがある。まどさんは、マイナスと思える状況下でも面白がり、笑える心をもった詩人なのだ。

ことば遊びのうたでは、「ことば自身が遊びたがっている」と〈ことばがことばであることを喜んでいる〉作品を生み出している。「まちかど」は頭韻《とういん》しながら人格化された「まちかど」が、現実空間（風景・意味）と、ことば自体（ひびき・音）との二重の意味で〈まちかどらしさ〉を遊んでいる。「へんてこりん」は、ひびき自体がヘンテコリンなオノマトペに近接しており、人格化された「へんてこりん」が自己（言語）解体しつつ、逆にイメージを増殖させて遊んでいる。「ぱぴぷぺぽっつん」は、雨の降る様子をパ行・タ行（破裂音の軽快さ）、サ行（擦音の静かさ）、ザ行（濁音の激しさ）の音趣・音別の固有の表情によって表現し、擬音語・擬態語と押韻《おういん》の相乗効果によって、音そのものの感覚的本質を味わい楽しむことができる。類似音を巧みにつかった「がいらいごじてん」とともにことば遊びの傑作で、ノンセンスでもある。

Ⅲは「いわずにおれないこと・批評精神」である。

「はるかな　こだま」「朝」は戦争協力詩として注目された。一九四二年十一月に亡くなった白秋を追悼するために、白秋の戦争協力詩集『大東亜戦争 少国民詩集』（朝日新聞社、一九四三年）と対を成す形で出版された『少国民のための 大東亜戦争詩　北原白秋氏に捧ぐ』（国民図書刊行会、一九四四年）に所収されている。再録された『まど・みちお全詩集』（理論社、一九九二年）の「あとがきにかえて」で、なぜこの二篇を書いたかについて、「真珠湾攻撃と宣戦布告で昂《たかぶ》り、白秋先生のご他界で昂り、（中略）つぎに赤紙がきて昂り、（中略）入隊して前線行きとなれば明日のいのちが知れぬということで昂り、さらに台湾にいる無名の私にまで中央から、白秋先生に捧げるアンソロジーへの参加よびかけがきたということで昂り、（中略）前線へ赴く臆病《おくびょう》な私を臆病な私が、慰め、説得し、励まそうとしたのではなかろうか」と語り、「懺悔《ざんげ》も謝罪も何もかも、あまりにも手遅れです。慚愧《ざんき》にたえません」と、まどさんは記している。が、この二篇以前に、自分が作った大砲で自滅する諷刺《ふうし》的な「ポン博士」や、戦争の過酷さ悲惨さを描いた「夜行軍」（本書未収録）を発表している。

まどさんは、「いわずにおれないこと（信念）」を詩の中に生かしたい、「批評精神が生み出すユーモア」を目指したいと思っている。「するめ」「さかな」や「うそ」「います」には、鋭い批評精神に支えられたシニカルともいえるユーモアがある。「もう すんだとすれば」では各行を下から上へ、全体を最後から最初へ遡《さかのぼ》って読むことができ、批評精神が、無限に循環していく人間・人生の奥深いところを見据えている。

Ⅳは「他者への愛・いのちへの慈しみ」である。

台湾総督府の同僚で親友だった高原勝巳さんの影響で、まどさんは二十二歳頃に台北ホーリネス教会で受洗したけれども、人間中心すぎるのではとキリスト教から遠ざかり、

「人間を超えた大いなる者・宇宙意志」を信じるようになる。随筆「動物を愛する心」では、「一切のものはそのあるがまゝに於て、自《おのずか》らに助け合つてゐるのだ。あゝ、だから、『愛』こそは、自らにして、万有存在の根底を流れている血であったのだ」と書いている。一九八五年の直筆ノートでは、万有引力を「引力というよりは『愛』といいたい。すべての存在は生きていて愛をもっているのだ」といい、「無生物、生物などという浅墓《あさはか》な人間認識をこえて、すべての存在が愛を生きているのだ」と、明言している。まどさんの「愛」は、この世の中のあらゆる存在に及んでおり、なかでも小さないのち・赤ちゃんに向ける眼差しは慈しみに満ちている。「さくらの　はなさん」をみんなで見に行ってほめてあげようと思いやり、木は「けむり」になってさえ小鳥たちが好きな梢《こずえ》を作ろうと無償の愛を生き、「落葉」は「明日の生命《いのち》を　育てるための／『土』への出発」をして、他者への愛を生きる。

「ことり」「スワン」「クジャク」「ああ　どこかから」「キリン」「チョウチョウ」「イナゴ」は、皇后美智子様の選・訳による対訳詩集『THE ANIMALS』（すえもりブックス、日米同時出版）にも所収されている。まどさんは一九九四年日本人で初めて国際アンデルセン賞作家賞を受賞したが、美智子様の英訳は、この受賞に大きな役割を果たされた。

Ⅴは「自然・風景と人間」である。

『風景詩集』（かど創房）の表紙には、緑色のまるい木の中心に一つの眼が描かれている。

抽象画を数多く描いてきたまどさん自身による装幀画《そうていが》だ。この眼は、ふるさと地球と宇宙のはるかかなたを見ているように思える。まどさんにとっての「ふるさと」は、無限大の中の小さな地球であり、「私たちは死んで、無機の微粒子となって、はるかなふるさと『地球の中心』を目ざす」ゆえに、地球の中心に「母」を感じるという。地球（自然）は帰っていく所であり、「無生物は生物のお母さんみたいなもの」なので、だからこそ「いい　けしき」は私たちを平安で包んでくれるのだ。

まどさんは幼少年の頃から、「遠近法の詩」に痺《しび》れる感受性（夕焼けの地平線に向かって遠近法的に並ぶ電信柱の列を見た時に覚える心のふるえ）をもっていたが、それは「はるかな祖先が長い時間をかけて磨き、育てあげてくれたもの」でもある。「けさ　できて／もう　セミが　うたえている」のも、木が「どっしりと　立っている」のも、「とおい　そせんの日」と心が通いあっているからなのだ。「貝の　ふえ」や「おまつり」の笛の音色は、遠い祖先の記憶を呼び覚まして懐かしい。夕焼けが誰にとっても懐かしいのは帰っていく道すじだからであり、夕日が落ちていく度に「今日の死」を見送って、私たちは帰る「れんしゅう」をしているのだ。

Ⅵは「はるかな時空への憧《あこが》れ」である。

遠近法のもつ「無限の果てに極まったがためにのように、空間が時間に昇華《しょうか》したような静けさ」に心をふるわせるまどさんは、〃いま・ここに・在る〃自分が、はるかに遠い宇宙のかなたとつながって生かされていることを感じていた。「一ばんぼし」では広大無辺な宇宙が、そのまばたきによって見つめてくれている一体感を、「木」では、天空をめぐってくる雨・小鳥・風との交感が生み出す宇宙の中の地球賛歌、「一つしかない　母の星／みどりの地球」を描いている。「日記」と木の営《いとな》みを人間と対等に捉え、いまここに在るものから、はるかな時空へとイメージを広げていくダイナミズムがある。

「雪がふる」は、ふりしきる雪の無限性を、原初から続く時空の中で捉え、快い律動性をもったことばによってリリカルに歌いあげている。初めての雪が降った理由を、地球における生命誕生を喜ぶ天（神）の「嬉し涙」として形象化。この地球から、遠い日の遠い見えない所へと思いを遡らせ、そのはるかな時空をゆききするところから生まれたポエジーで、雪の結晶のように美しい。

「私たちは」永遠の時間と無限の宇宙のなかの「一つぶよ」という存在であり、「どこでどうしていようと」、時間という「母なる宇宙」に抱かれている。割れると同時に永《えい》劫《ごう》の時空を駆けぬけて、真のふるさと（創造主の源）へ帰ることを夢想する「皿」は、無限性への憧れの象徴ともいえる。

　まどさんは、子ども語と称する平易なことばによって存在の本質と根源に迫り、宇宙的な生きる喜びのうたを私たちに届けてくれる。

（たに・えつこ／児童文学研究者）

出典一覧（底本タイトルの五十音順）

『いいけしき』理論社、一九八一年／ナマコ、アリくん、はひふへほは、さかな、どうぶつたち、虹、根、ことり、スワン、キリン、さくらの　はなびら、よかったなあ、はっぱと　りんかく、いい　けしき、コオロギの夜

『きょうも天気』至光社、二〇〇〇年／臨終

『コドモノクニ』東京社、一九三四年十二月／雨ふれば

『ごはんをもぐもぐ　おかあさんと子どものための歌曲集』フレーベル館、一九六三年／ごはんを　もぐもぐ、さくらの　はなさん

『昆虫列車』第五輯、昆虫列車本部、一九三七年十一月／生まれて来た時

『昆虫列車』第六冊、昆虫列車本部、一九三八年一月／ポン博士

『しゃっくりうた』理論社、一九八五年／まちかど、へんてこりん、赤ちゃん、おまつり、トンボと　そら、秋空、一つぶよ、凧

『少国民のための大東亜戦争詩』国民図書刊行会、一九四四年／はるかな　こだま、朝

『ぞうさん』国土社、一九七五年／ぞうさん、うさぎ、くまさん、ふしぎな　ポケット、おさるが　ふねを　かきました、やぎさん　ゆうびん、一ねんせいに　なったら、ドロップスの　うた、びわ、一ばんぼし、ちいさな　ゆき

『《ぞうさん》まど・みちお子どもの歌１００曲集』フレーベル館、一九六三年／なみと　かいがら

『それから…』童話屋、一九九四年／小さな草

『でんでんむしのハガキ』理論社、二〇〇二年／私たちは

『てんぷらぴりぴり』大日本図書、一九六八年／タマネギ、つぼ(1)、つぼ(2)、かいだん(1)、つけもののおもし、石ころ、シマウマ、てんぷら　ぴりぴり、イヌが歩く、音、ふんすい、クジャク、ああ　どこかから、イナゴ、貝の　ふえ、地球の用事

『童話』第３６４号、日本童話会、一九八三年十一月／雨は林です

『日本児童文学』日本児童文学者協会、一九七六年九月／どうしてだろうと

『文藝台湾』第八号、文藝台湾社、一九四一年五月／はるかな歌

『文藝別冊まど・みちお』河出書房新社、二〇〇〇年十一月／れんしゅう

『風景詩集』かど創房、一九七九年／蚊、もう　す

んだとすれば、落葉、皿、泉
『**保育名歌　おおきい木〈こどもの歌曲集〉**』ドレミ楽譜出版社、一九七七年／あめのこ、ぱぴぷぺぽっつん
『**ぼくが ここに**』童話屋、一九九三年／ぼくが ここに、コスモスの うた、あさつゆ、夕日、木
『**まど・みちお詩集(1) 植物のうた**』かど創房、一九七五年／サクランボ、わたげタンポポ
『**まど・みちお詩集(2) 動物のうた**』かど創房、一九七五年／アリ、アリ、チョウチョウ、セミ
『**まど・みちお詩集(3) 人間のうた**』かど創房、一九七五年／うそ、人間の目
『**まど・みちお詩集(4) 物のうた**』かど創房、一九七四年／いす、スリッパ、てちょう、けしゴム、ふうりん、橋、こま、ページ
『**まど・みちお詩集(5) ことばのうた**』かど創房、一九七五年／タンポポ、ポポン…、いても よさような、がいらいごじてん、いわずに おれなくなる
『**まど・みちお詩集(6) 宇宙のうた**』かど創房、一九七五年／水は うたいます、空、太陽と地球、えいえんに ゆたかに、こんなに たしかに、太陽の光のなかで、頭と足、空気、雪がふる
『**まめつぶうた**』理論社、一九七三年／リンゴ、カ、にじ、シソのくき、ケムシ、ミミズ、ワサビ、もやし、カボチャ、はがき、けしゴム、まくら、いびき、するめ、ことば、朝がくると、デンデンムシ、小さい太郎、おみやげ、せっけん、もうひとつの目、とおい ところ、けむり、はるの さんぽ、やさしいけしき、そら、ぬけた歯、木

＊戦前の詩については、新かな遣いに改めました。

日本音楽著作権協会（出）許諾第一一〇七二四九－一〇一

ハルキ文庫

ま 1-2

いのちのうた まど・みちお詩集《ししゅう》

著者 まど・みちお

2011年7月18日第一刷発行
2023年3月 8 日第四刷発行

発行者 角川春樹

発行所 株式会社角川春樹事務所
〒102-0074 東京都千代田区九段南2-1-30 イタリア文化会館

電話 03 (3263) 5247 (編集)
03 (3263) 5881 (営業)

印刷・製本 中央精版印刷株式会社

フォーマット・デザイン 芦澤泰偉
表紙イラストレーション 門坂 流

ISBN978-4-7584-3579-6 C0195 ©2011 Michio Mado Printed in Japan
http://www.kadokawaharuki.co.jp/ [営業]
fanmail@kadokawaharuki.co.jp [編集]　ご意見・ご感想をお寄せください。

谷川俊太郎詩集

人はどこから来て、どこに行くのか。この世界に生きることの不思議を、古びることのない比類なき言葉と、曇りなき眼差しで捉え、生と死、男と女、愛と憎しみ、幼児から老年までの心の位相を、読む者一人一人の胸深くに届かせる。初めて発表した詩、時代の詩、言葉遊びの詩、近作の未刊詩篇など、五十冊余の詩集からその精華を選んだ、五十年にわたる詩人・谷川俊太郎のエッセンス。